且来花里
听笙歌

QIE LAI HUALI
TING
SHENGGE

艾诺依 / 著

全 国 百 佳 图 书 出 版 单 位
ARCTIME 时代出版传媒股份有限公司
安徽人民出版社

图书在版编目(CIP)数据

且来花里听笙歌 / 艾诺依著.—合肥:安徽人民出版社,
2021.8

ISBN 978-7-212-10826-7

Ⅰ.①且… Ⅱ.①艾… Ⅲ.①散文集-中国-当代
Ⅳ.①I267

中国版本图书馆 CIP 数据核字(2021)第 163304 号

且来花里听笙歌

艾诺依 著

责任编辑:周冰倩 责任印制:董 亮 封面设计:陈 爽

出版发行:时代出版传媒股份有限公司 http://www.press-mart.com
 安徽人民出版社 http://www.ahpeople.com
地 址:合肥市政务文化新区翡翠路 1118 号出版传媒广场八楼
邮 编:230071
电 话:0551-63533258 0551-63533292(传真)
印 刷:合肥创新印务有限公司

开本:889mm×1194mm 1/32 印张:6.5 字数:115 千
版次:2022 年 3 月第 1 版 2022 年 3 月第 1 次印刷

ISBN 978-7-212-10826-7 定价:38.00 元

目 录
Contents

· 精神的故乡 ·

外面的世界

星河落地成川

一

来到贵州,友人推荐了几个去处,遵义会议会址、梵净山、西江千户苗寨、黄果树瀑布等。聊起想前往镇远,友人说,那地方两个小时就逛完了,无须专程一去。

"镇远"这个名字在我心里已经存在了很久,古城的美是持之以恒的,印象中比较深刻的是青龙洞的亭台楼阁,夹杂着张三丰的似神似仙的传说,祝圣桥上的桥墩石凳,石屏山上的锁石铁链。有故事的镇远让我懵懂,镇远到底是天上还是人间?真实的它又是怎样的呢?

镇远不远,就在黔东南,距离州府凯里市190公里,是贵州高原向湘西丘陵过渡的斜坡地带。

镇远的历史,始于春秋。

南宋宝祐年间,理宗赵昀赐其"镇远州"之名,"镇远"便始于此。

古城镇远是滇黔驿道与沅江水道的衔接点,百代过客都在此登舟——顺舞阳下沅江,过洞庭达扬州。镇远还是湘楚中原西通滇黔至缅甸、印度等东南亚国家"南方丝绸之路"的重要驿站。长期以来,中原文化、地方民族文化、域外文化在这里相互渗透、交融,形成了独特的包容性文化。

近些年来,交通方便了,远近来此游玩的人越来越多,古城名声渐远渐大,小巧一座古城以其魅力引来如此多人,由此我对它青睐。

用我先生的话来说,就该寻一些"土"的地方,接接地气。

思索间,镇远这座伫立了2000余年的小县城,也越来越近。

是的,镇远是一个有故事的地方,我相信它一直在等待,等待一些遇见,等待一些倾诉。

二

来到这里,它用一种清雅的方式迎接了我。

房间雅致,古香古色的传统中式设计符合我此时的心境。舞阳河平静地从窗台下流过,左手边不到百米处竟是镇远著名的历史文物景点——始建于明洪武年间的祝圣桥。据说建这座桥前后花了250年时间,桥全用青石修建,桥墩是明朝的,桥身则是清朝的。当时,舞阳河经常暴发洪水,桥多次被冲毁,直到清雍正年间才修建完成。一座历经 600 多年历史沧桑的古桥,在一个安静的夜晚,毫无征兆地与我偶遇。

粉墙黛瓦的临河人家,一一排开,藏着些许江南的灵秀。趴在临河的露台上,舞阳河碧如翡翠,清可见底。墙壁上映射着河水金色的波光,晃一晃便是流转的年华。

镇远与它周边的西江苗寨、凤凰古城等以少数民族吊脚楼建筑为主的城镇不一样,作为处在水路交通要道上、素有"滇楚锁钥,黔东门户"之称的军商驿重镇,特殊的地位使得它与众不同。在古代,水路交通是重要的交通方式,军事、商旅、宗教、文化等的传输都依赖于水路,舞阳河蜿蜒回旋流过这里,由西往东,出滇入楚,汇入洞庭湖。重要的水陆地理位置曾经让这里成为军事和商旅重镇,汇集了各行省商会会馆,汉文化的涌入让这里包括建筑在内的许多方面蒙上一层浓郁的汉族特色,汉文化就像一颗草籽,在此落地、生根、发芽。

当天色逐渐转暗,沿河两岸和街道两边灯火亮起,镇远古镇又华丽变身。夜景以祝圣桥为中心,连接着府城和卫城。如果你仔细一看,会发现舞阳河两边的灯光效果是不一样的。在古代,府城是达官贵人居住的地方,灯火比平民老百姓所在的卫城的要亮。

府城和卫城皆建于明代,尚存部分城墙,默默隐匿于兴起的古镇民居之后。华灯绽放,河水通明的夜,我有幸在府城找到一段城墙,青条石砌筑的墙身,百年后依然坚不可摧。只是它已然失去了光泽与活力,悲壮地守卫在角落。于今,它早已不再负载任何防御功能,而是连接我们与一个逝去王朝的信物。

史料记载,镇远古城曾是军事关隘,扼守要地,对此我一直抱以怀疑:这么一处山、水、人和谐搭配的地方何堪人嘶马鸣,这么一席梦里水乡何以容刀兵相见?当我走近卫城,看到了森严的城门、光滑的垛口,表明当年的刀光剑影、掠城夺池理应为不争之实;城东的镇东关、西北的文德关,也印证了当年的烽烟征战。方寸之地,保存完好,不同时期的府衙、会馆、党部,交相呼应;在战火纷飞与商贾云集之间,半山上的晨钟暮鼓、袅袅香烟、仁义儒理交融相错。在文明升华与文化交融之间,古城心平气和地接纳了一切。

时代更迭,世事变迁。如今的两岸,已是灯红酒绿,歌舞飞扬。这座城墙一如那段已黯淡的历史,沉寂在流溢的光彩间。它是历史赠予我们的珍贵的纪念,是华夏文明一路走来的足迹。我想,历史不仅仅告诉人们过去,并且通过这些痕迹,让我们懂得尊重与敬畏。

三

如今,没有一处高楼林立的现代建筑,没有隆隆轰鸣的开发机器,洁白月光下的镇远还是那么的美,整个古城仿佛在喧嚣中静止了,每一方大青石都沉睡在古老的梦中。沿河、临街、依山傍水的每一处民居和建筑都成了我回忆里保存完好的老照片，而并没有泛黄和陈旧。我不禁浮想两千多年前缅人骑象路过的那番景象，古城似乎依然为这般模样。

走进古镇，把时代飞速发展的碎片收纳在墙外。墙门一关，我们也变成古镇的一处风景。

街上行人很少，许多商家都关了门，相比于其他古城的人头攒动，这里的冷清程度超出了我的想象。街道比我看过的许多古城镇的都要宽敞、笔直，两旁是以砖、石为主体的徽派风格建筑，黑瓦白墙，屋檐插挂着各种店铺旗号，有酒庄，有米铺，还有客栈饭馆。我一路走，一路想象着它当年繁华的景象。

肚子已经咕咕作响，迫不及待地想找个吃饭的地方享受镇远的美食。因为特殊的地理气候，贵州人习惯吃酸辣，而这种味道跟以往我们品味到的还有点不一样，更类似东南亚菜里的酸辣，比如冬阴功。河对岸一临河街区是餐馆聚集的美食街，几乎所有的餐馆招牌都是"酸汤鱼""酸汤鸡"，酸汤火锅已经成为贵州的重要名片。

饭馆周边聚集了不少游客，和刚踏进古镇时的冷清相比少了些许孤单。每家饭馆的菜式和口号几乎没有差别，饭馆门前是宽敞的临河街道，店家把饭桌都摆放在了露天的街上，客人们可以一边吃饭一边欣赏舞阳河两岸的风光。酸汤浓郁的香味在寒冷的空气里四处飘溢，让坐了一个下午车的我们按捺不住。

　　饭后,行于镇远古城,茶楼酒肆、店铺码头,锦旗飘飘。昌、阁、栈、府、院、第、堂、宫,随处可见。柔软的柳条在晚风中轻轻摇曳,远处照过来的灯光穿过枝叶间的缝隙打在漆黑的石板路上,形成无数个摇动变幻的光影。河水平静得如一面镜子,倒映着两岸霓虹灯的五光十色。

　　此刻的舞阳河没有了曾经的商号林立、舟船络绎不绝的繁华,却多了几分宁静幽雅。它就像一个繁华散尽后变得娇柔内省的姑娘。她的江湖早已成为历史,如今只剩下这一弯水、一座桥、一条空荡荡的石板街,还有这一排随风轻舞的垂柳。

　　古城外,绿皮火车正从株六复线吭亢而来。舞阳河中,画舫渔舟悠然轻荡。在这里,会感觉到时光很慢,岁月可逐。

四

　　一觉醒来已是晴天,推开窗,祝圣桥典雅秀丽地展现眼前,舞阳河缓缓流淌,就像一条碧绿丝带顺滑地穿过横卧的青龙。

　　这种氛围中,一人独坐阳台看那舞阳河的早晨,慢品慢赏曙光一点点地到来,看薄雾在江边弥漫,时不时见河面上飞过三五只鸥鹭,偶尔也听到火车经过的声音。河水很慢,车马很慢,这一刻,我就是那个年代的女子,细品光阴慢生花。

依山傍水的房子整齐划一,排列在半山腰,密密麻麻得像一个个小箱子镶嵌在那里。熙熙攘攘的人流开始陆续忙碌,牛肉粉加脆哨、放上香喷喷的煎鸡蛋,真是美味至极;还有豆花,也是五元钱一碗。小镇的快乐,凝聚在这份简单之中。

舞阳河造就了一个军事镇远,因地处交通要道,地势险要,镇远自古以来都占据着重要地位;这里不仅是中共早期革命家周达文烈士的故乡和"红色文化"遗址,同时汇聚了苗、侗、土家等多个少数民族。由于这里有驻军,有了安全保障,派生出了镇远的商驿文化、码头巷道文化,也才有了宗教文化。

我想起了沱江。比之于沱江如诗画般的精巧,舞阳河则是壮丽秀美的。舞阳河水以"S"形蜿蜒而过,将城一分为二,远观恰如太极八卦图。大自然的鬼斧神工造就了舞阳河两岸的奇峰异景,造就了镇远。

镇远的舞阳河比凤凰的沱江更宽阔,水更深,这也是它能成为古代交通要塞的原因,而凤凰城前淌过的沱江水浅河窄,无法行船,所以湘西是交通闭塞的地区。但从近代人文历史来说,沱江则显然名气更大,这是舞阳河不能比的。沱江文化给这块土地注入了深厚的底蕴,这就是文学的力量。

河对岸是镇远古镇主体区域,我住的客栈就在对面。

岸边的房屋前挂着红彤彤的灯笼,每户人家都有一个后门通往水边,小舟停靠在后门的台阶边上,我印象中的江南水乡就是这幅画面。从河这边到河的对岸,每人只需要花一元钱就可以坐渡船过去。渡船上的人也很少,偶有几个本地的妇女,背着背篓,里面装着小宝宝,蒙上被子保暖。小宝宝哭的时候,轻轻晃一晃身后的筐子,似乎人人都是这样背着,也就习惯了。男男女女身后背着的不是背篓,而是自己的喜怒哀乐。

很喜欢有河的地方,似乎有水就有生命,万物从四面八方向这里汇集能量,从而展开热气腾腾的生活。镇远的河,更是贯穿了两边。小小的城,却因为这条河而变得广阔无垠,一望无际,像人的内心一样辽远、广袤、深刻,流淌了百年千年,生生不息,安静内敛地看着风云变迁。

"永忆江湖归白发,欲回天地入扁舟",想起文人骚客的感叹,却抵不过江渚之上渔樵的自在。有为是行动上的积极,无为是精神上的超越。

来做一个能与天地对话的人吧,投身一场美的历程。这样的历程可以让人学会孤独,在孤独中贴近自然;这样的历程可以让人变得平和,用平和面对世界;这样的历程可以让人懂得发现与创造美,用美来诠释一生。

五

沿着镇远巷道,欣赏一座座大院的歪门。当地人说,古城的"歪门邪道""拐弯抹角"源于镇远的奇山秀水,是山巷子与水巷子的巧妙结合,也是商贾富家宅院风水的需要。

在镇远,至今仍有许多人对祖先留下的家业一往情深,仍不愿离开这条世世代代居住的街巷和旧宅。他们掏出大半辈子的积蓄,将陋室加以整修,日子又一天天地过了下来。这是他们独特的目光,看重它的历史文化内涵,看重藏龙卧虎的古建筑,也看重静谧、雅致、古朴的生活氛围。这恰恰是终日奔忙在快节奏都市里的人们所缺乏的啊!一幢古宅,一条老街,就是一部耐读的史书啊!这里高耸挺立的烽火墙、文明古朴的四合院、精美雅致的木雕与古巷,一并在悠长的历史风光中浓缩了人生的凄苦与挣扎、振作与辉煌、衰落与痛苦的全部内涵,也同时记录着至今几百年的历史岁月,见证着时代穿行而去的淡薄印痕。

巷道五六尺宽,古墙夹峙,更显肃穆幽深。经历多少个世纪的沧桑,青石板已被人们踏成古碧玉色,呈现出一种古朴的风韵。

踏石而上,来到一家朱漆木宅大院。大院依山而建,整座楼气派恢宏,紧锁的门前立着一块石刻,上书"傅家大院"。从石刻上的介绍可以知道,这座大院建于清嘉庆年间,是裕盛商行创始人、江西商人傅氏家族的宅院。整座宅院坐北朝南,大门故意开在东南角,使得路人不易窥见宅院主人身份,以求财不露白、平安吉祥之意。

镇远古巷道里，处处都是古风遗韵，就连深巷宅院，也飘溢着窖酒陈香。走近一家酒坊，只见那里缸坛盖红，满桌壶盅。桂花酒、玫瑰酒、黑糯酒、红枸酒……酒坊墙上，挂着一张李太白画像，诗酒之地不要床——李白斗酒诗百篇，长安市上酒家眠。青莲居士当年流放夜郎，如若羁旅镇远，他定会倾尽壶觞。

时光在镇远古镇刻下了神秘的篆体，浑身都涂满了古董的锈味。

六

沿着巷道慢步走过祝圣桥，尝了颗又香又甜的枇杷，站在桥中央可以一览舞阳河两岸的风景。桥身比我想象中的要宽敞许多，祝圣桥原名"溪桥"，横跨舞阳河，是一座七孔桥，由青石建造，后因向康熙祝寿，更名"祝圣桥"。

这座古桥在很长一段时间里，是西南地区重要的交通要道之一，这里曾经车水马龙，南来北往，古时缅甸和云南方向的贡品及各路人马通过这里来往于西南和中原。水、陆两路交通的重要位置让曾经的镇远车辚辚马萧萧，莺歌燕舞。它也是湘黔公路的必经之道，抗战时期，它作为滇缅公路的延续，输送着战备物资。而如今洗尽铅华，一切都归于平静。此刻站在桥上迎风远望，一座城市如此，人亦如此，叹风云变幻，人世无常。

历经沧桑的祝圣桥，依然风姿绰约。

站在桥头可以看见远处轰轰而过的列车,它们从哪里来又将到哪里去?桥上穿着当地服装留影的游人,牵着马匹静静走过的马夫。桥下几只轻舟,架着长枪短炮的摄影者。每个人都以自己的方式生活或旅行。只是,我们都与这座小镇有过交集。

过了祝圣桥,就到了青龙洞。这是镇远最著名的古建筑群,建于明朝中叶,至今已有500多年历史,中间几经战火,又多次修复。买了门票进去,整片建筑群除了几个看守道观的道人外没有其他人,镇远似乎要将冷清进行到底,对于喜欢热闹的人来说可能会不适应,对我来说却是很好的享受,感觉这地方只为迎接浪漫主义的我。青龙洞是体现镇远宗教文化的地方,这里集合佛、道、儒于一体,建有佛教经殿、道教庙堂、儒家书院。建筑有一半悬筑在岩壁上,面朝舞阳河,与石屏山隔河相望。几百年前僧人、道士还有儒士们常常聚在此地清修,由此诞生了许多艺术、文学。从这些建筑可以看出这里曾经的香火兴旺,这是辉煌时期镇远的精神殿堂,那时候的镇远有佛庙,有道观,有会馆,有码头也有妓院,商人南来北往,学士僧人汇聚于此。

如今的青龙洞只剩下几个看守的园丁,还有这些人去楼空的建筑在迎接每一天的风霜。

从青龙洞前往镇远身后的石屏山,重岩叠嶂,雄伟险峻,"石崖绝壁高千仞,端直苍阔如屏风",石屏山因此得名。到镇远非得登此山不可，砖石修砌的台阶"Z"形往山顶走。地势险要但不算很高，没多久就到山顶了，从这里可以俯瞰整个镇远，可以遥望舞阳河从西往东蜿蜒流过。镇远府城墙就修筑在石屏山顶，沿着山脊向远处延伸，可当年的军事要塞如今几乎只剩下墙基，以及零落在四周的石块。

孤独的石基蜿蜒在大山上，初升的太阳照在上面，愈发苍老而悲苦。我长久地坐在这里，身上沾满了岁月的埃尘，像是陪伴着一位老态龙钟的老者，它已没有力气给我讲过去的故事，只是觉得离那个朝代近了一些，近得让我想起一些壮烈的英雄、一些铁马金戈的往事。

在这墙根下，是否有过晒着太阳、憧憬未来的少年，他的梦想实现了吗？

小镇升起薄薄的晨雾，雾气缠绕于房舍，弥漫在河面，像一片朦胧往事的记忆。

七

镇远如此冷清，它确实已经洗尽铅华，它确实在历史里归于平凡，只留下满面风霜的祝圣桥，只留下野草丛生的破落城墙，只留下游人发出的几声感叹。但又给了我们一个最真实的镇远，清净到肃穆。见惯了丽江的灯红酒绿、凤凰的嘈杂纷乱、乌镇的游人如织、平遥的接踵而至，这里，才是一座真正的古镇。有自己的行走规律，日出而

作,日落而息,不论多少游子在此停留,都不能更改了他们的习惯,需要入乡随俗,而不是迎合客人的喜爱来改变自己。

镇远古城的美在于坚守与执着,坚守着存在必然有着客观存在的道理。先生说,喜欢这里,是因为这里还有当地人自己的生活,没有完全被商业化。能够拥有属于自己的一条河,自己的一片土,有自己的家该多好,还能有回来的归途。

石屏山就像淡却了凡尘的女子,在烟雨中与舞阳河碧水相依,守望着繁华散去的古镇。青龙洞的庙堂里僧人早已去无踪影,而不知不觉中镇远在平静里找到了属于它的生活和信仰。

在镇远古城,最吸引人的地方不只是美丽的夜色和亭台阁楼以及民居院落,还有古城人的生活方式、悠闲的生活态度更会让你忘却城市的繁芜,从而轻轻拨动心灵深处最幽静的那根弦。

黄昏时分沿着古城濮阳河畔行走,一边照相,一边散步。但见摆在河边的夜宵摊一溜儿插上夜光灯的招牌,一律竖在店门前,生意好得出奇。尤其是靠近古城新桥底下的几家排档,店外的桌子被坐得满满的,却并不显得喧闹。食客们悠闲地吃着,轻松地说着笑着,他们的说笑一概是轻柔的、幽默的,比之细腻的吴音,似乎更多一些音乐的元素。这么一幅古城夜市图,使我们既欣赏着美丽的夜色,又同夜宵上的食客共享着苗家饮食风味之美,更体味着从高山上吹来的微风,细细的、轻轻的,使我们沐浴微风之中,顿觉神清气爽,并会摒弃所有复杂的念想,解除心中所有的郁结,而回归到自然、简单、朴实的生命的真实,让心灵来一次旅行,让灵魂来一次洗涤。

所谓"有无相生,难易相成";执着于"孰能浊以静之徐清,孰能安以动之徐生",不为浮华所动,悟透了"平常心"的深层心境。这种心境,是万事随缘的心境,而随缘,是一种平和的生存态度,也是一种生存的意境。

我就是迷失于这种没有钢筋水泥、没有高楼大厦的地方,或是短暂地逃离尘世纵情于山水,寄情于山水,做个物我两忘的女子,用那清灵洗涤残存记忆,一丝丝抽离,时光过后偶然想起你的名字,就像想起镇远。

又是江湖,又是人心,在这里总能找到自己。坚强的,娇弱的,所有的一切,就让它如窗外的舞阳河,平静地流向远方吧。

踏 歌 凤 凰

　　湘西自古以来物华天宝，资源丰富，也是湖南省唯一进入国家"西部大开发"战略的地区。这里的美食文化全国闻名，血粑鸭、土匪鸡、坛子肉、韭菜河虾、湘西腊肉、柴火饭等各种闻所未闻的当地特色菜应有尽有，回味无穷的湘西土菜，也与人心意相通。

　　位于湘西西南部的凤凰古城，依着南华山、傍着沱江水，得天独厚的自然景观为古城增色不少。它的美，既有民族文化特色，又体现了凤凰的人文精神。它曾被新西兰作家路易•艾黎称作"中国最美丽的小城之一"，已经在文学大师沈从文、画家黄永玉先生的妙笔下灿烂了许久。

　　古镇内聚集的苗族和土家族等众多少数民族，世世代代繁衍生息，创造了古城灿烂辉煌的民族文化，充满独特的民俗风情，也写意地将湖南的经典山歌、苗家姑娘等元素创新组合，不着痕迹地融入山水，还原于自然，与人的本性那么亲近，让人安宁，说不尽的和谐，说不尽的美。

　　清晨，不敢惊扰了这座古城。南华山脚下的沱江水，缓缓流淌了数千年,也哺育了这座人文古镇数百年。沿着江边一路前行,触摸那一段段斑驳石墙;或者泛舟沱江,随波而下,静观错落有致、连绵不断的吊脚楼群,细脚伶仃地立在沱江里,如同一副淡雅素色的丹青画卷徐徐展开。根根木柱撑起一栋栋小巧玲珑的房子,撑起了一个个甜蜜温暖的家。吊脚楼虽比之晋商的豪宅、徽州的精舍显得有些简约,但是,又那么不简单,烟雨朦胧中,多了份水乡的诗情画意。这正是人们追寻的一份不加雕琢的质朴、一种山水之间自然真实的生活。江南古镇的婉约、湘西古寨的霸气,在这里得到完美的结合。

　　山有仙气,水有灵气,或许是有了沱江的沁润,凤凰古城才会变得这么悠闲而又美好,把染尘的心事涤荡得干干净净,教人心绪澄明。古老的水车转个不停,夜以继日从容不迫,度量着日子的地久与天长。

　　这样一座淡泊的古城,经过了岁月的洗刷沉淀,默默地以它不动声色的力量,吸引着天南海北的旅人,只为在某个清晨或者黄昏,捧一盏茶,像《边城》里的翠翠一样,等一个偶然路过心上的人。

　　古城里,随处可见抱着吉他唱歌的男人与合着拍子打着手鼓的漂亮女孩。

　　走到虹桥,听到有人在唱民谣《借我》。抬眼望去,一家小店的窗户里,幽暗的光线下,透出一个身影,抱着吉他,正唱得投入,落日的余晖打在她身上。

　　那个悠远的影子,那片黄昏的天空,让我和友人停下脚步,坐在江边听了许久。

　　回来后,再也听不出当时的味道,而那个投入地唱歌的女子,和她的声音,留在了我们脑海中,让我感慨万千。

　　古城之美,一半在于晚上,灯火勾勒出纷繁的夜色,映照着潺潺流水,更多了几分妩媚。万盏灯火沿着沱江两岸绵延数里,把整座古城映衬得美轮美奂,沱江两岸的吊脚楼,苍劲古朴的万名塔,飞檐翘角的风雨楼,还有迎风摇曳的大红灯笼,诉说着古城的过去和现在。在霓虹强光的照射下,连沱江江水都被照得通亮,光影十色的沱江水缓缓流淌在古老的河床上,夜更深了,山城的天空更亮了。

　　夜幕降临,灯火阑珊。沱江边,酒吧不时传来的音乐声,时而高亢,时而低婉,如梦幻般摩挲着古城的夜空,也为很多人抖落了一身的伤感和疲惫。

　　五湖四海的陌生人,举杯畅饮,只求共醉。那些流浪的歌手,背着乐器,穿梭在各个酒吧,在灯红酒绿的氛围里,没日没夜地唱,唱得人心醉,也唱得人心碎。那些纯粹而慵懒的曲子,唱着远方黑发的姑娘,唱着生活骂不出来的悲伤,不偏不倚地落在心头,溅起岁月长河里的所有过往。乐曲轻柔悠远,听起来让人的思绪飘向远方。

　　喜欢清吧哼唱的民谣,不矫揉,不造作,不随波逐流,把自己的心情唱成歌。每一束光都有情绪,每一面墙都会说话,每个细节都是故事。找这么一处安静的地方,喝上一杯清茶或淡酒,吹吹江风,看看夜景。喜欢这里的风景,也会喜欢这里的烟火气。

年轻的民谣歌手唱着:"这生命正值春光,别装作刀枪不入的模样,别错过年轻的疯狂,别错过日落和夕阳,不论在哪里呀,来不及认真的年轻过,就认真地老去。"

许多人说,在凤凰的时光犹如一场梦,不愿醒来。穿着花裙子或者花裤儿,踩着夹脚凉拖,穿过东门在桥洞下听流浪歌手弹吉他,唱着不知名的歌,雨后的空气中,到处弥漫着一股文艺的气息。

民谣和古城都在造一个梦。民谣本身带着一种清淡出世的感觉,它接近城市却远离繁华。而古城岿然不动,像一个长者一样看着其他城市披上繁华的外衣,却一点点在丢失原本的自己。行走在钢筋水泥路途上的人们更需要汲取一种深层次的力量,充满传统与古典的味道,但也生长着传承和创新的力量。

看粼粼的水纹在面前徐徐荡开,听若有若无的歌声在远处渺渺响起,心境也渐渐从喧嚣中走出来,变得像沱江一样平静安稳。

今夜晚安,凤凰。

古 韵 新 语

五月底的春色,逐渐被夏天的气息笼罩。这种感受,在浙江建德似乎更加明显。潮湿的水汽扑在脸颊,每个毛孔都像叶子一样张开大口呼吸新鲜的空气,闷热的人们行走着,仿佛化作街边无数棵枝繁叶茂的香樟树。

夜幕降临时,我们漫步至新安江,这里水温常年保持在 14 到 17 摄氏度,是清暑纳凉的好地方。新安江 17 摄氏度的传奇,来自中国第一座自行建造的新安江水电站,从70 米高大坝底喷涌而出的江水绕城东去,使沿岸形成冬暖夏凉的独特小气候。乘船江上,晚风拂面,放眼望去,一边是隐没夜色中的山体,另一边是灯火阑珊的城市,楼光树影璀璨,江上流光溢彩,人在船中,船在景中,景在眼中。船行至江中,百米高喷水柱涌起,一波漫过一波,一浪高过一浪,动感十足。这些增添趣味的现代科技也正在为今日的江色添上几件新衣。

新安江的江水不仅提供矿泉水源,也养育了这方建德人。在美丽的新安江流域,生活着一个名叫“九姓渔民”的特殊群体。他们逐水而居、以船为家，衣食住行、婚丧嫁娶都只能在船上完成。相传元朝末年，朱元璋与陈友谅争夺天下，朱元璋打败了陈友谅，并俘虏了陈友谅的部将，将他们押解到严州府，流放到新安江中，规定他们不得上岸居住、不准与岸上人通婚、不准读书应试、不准穿鞋上岸，而且官府有事还要应召服役。后来，他们世世代代生活在水上，数百年的水上生活形成了独特的生活习俗，水上婚礼就是他们独特的习俗之一。

时光荏苒，今天的九姓渔民早已登陆上岸，散居在不同的村庄过着寻常的日子，但那些一脉相承沿袭下来的传统习俗，依然见证着这个水上部落曾经的生活印记。

第二天清晨，惺忪的双眼被江面上织起的飘忽莫测的江雾唤醒，山、水、城平行延伸，岸边高高矮矮的楼群也似乎躲入仙境，远处的大桥只露出了几点朱红，应和着穿透白云的一缕缕霞光。

伴着雾气散去，晨练的人们经白沙桥陆续归家。我走在与他们反向的路上，朝着西南的大慈岩镇玉华山脚下前行。这里有一座新叶古村，始建于南宋，距今 800 多年历史，是浙江省内保存最完整的古代血缘聚落建筑群之一，村容古朴清丽，百姓生活和睦平顺。

在春夏交替的时节来到新叶，可以领略到与村名十分相衬的美。新雨过后，整个村落如一杯春雨泡开的绿茶，融入和淡出都有一种清心的姿态。

闲步入村,偶尔飘出墨香书声,叶氏族人的社会结构、风土人情都渗透在古老的祠堂中,掩映在古树绿荫之下。

新叶古村与其他各处古村落不同之处,在于它会"说话",且是用一种特别的"声音"。

刚踏入有序堂,就传来清脆响亮的嗓音,接着映入眼帘的是坐在竹制板凳上吹拉弹奏的几位老先生,半围着一位年纪稍长顾盼生姿的女士,嗓音一亮,那种戏曲独有的韵味就顺着耳朵流淌进了心底,这里传出的声音正是昆腔。

昆腔不用说是昆曲,但不仅限于昆曲里有昆腔,建德婺剧,甚至一些乱弹剧中也有类似的痕迹。昆曲,除了苏昆以外,还有在各地流布的地方支脉,新叶的昆曲是清末金华昆曲流传并遗存在浙江省建德市新叶村的一脉,与它的另一脉"宣平昆曲"并存,分布于建德、兰溪、金华、武义一带。

在新叶古村有副对联:"文中有戏,戏中有文,识文者看戏,不识戏者看文;音里藏调,调里藏音,懂音者听调,不懂调者听音。"新叶的昆曲经过最底层老百姓的演绎,带有些许泥土气息,质朴无华,有种别样的芬芳。

新叶的吃食也很特别。肉圆在建德叫"山粉果",土话叫"虐虐",是用番薯粉做的,只是里面加了煮熟的土豆、萝卜丝或者芋芳和剁好的肉馅,加上调料搅拌在一起,不用搓圆,一撮撮的拿上锅蒸熟。蒸好后可以直接吃,也可以用酱油、辣椒、葱拌在一起，香味可以馋得人流口水。另一种夏日消暑的佳品水晶糕，堪称是大慈岩农家果冻，口感滑润，淋上糖水和香醋，稍微冷藏一下，也可佐以红枣、枸杞、银耳等辅料搭配，美味清凉。

在大慈岩，莲子的种植面积近万亩，它们不仅用作莲子土鸡煲、莲子红烧肉、南瓜莲子、五香莲子等各式菜品的食材，还可以酿酒，坊间莲子酒味道甘甜，绵绵软软，萦回撩拨着乡愁，浅饮几杯，沿着蜿蜒的石板路徐行，长长悠巷，淡淡炊烟，陶然漫步于这幽静的池塘边，闲听风雨，花木为伴，耕织着幸福的田园时光。

在新叶村民的门前，还可以看到一大堆白色花朵，这就是栀子花，常被晒干拿来食用。此花是从冬季开始孕育花苞，直到近夏至才绽放，含苞期愈长，清芬愈久远；栀子树的叶，也是经年在风霜雪雨中翠绿不凋。于是，看似不经意的绽放，也是经历了长久的努力与坚持，这宛若新叶村民，时光的交替、生命的更迭、历经百年的风霜，一代又一代的新叶村人，仍在坚守着这块土地，隐世于山水之间。

在建德，花不仅可以食用，而且还有典故。

梅城，是浙江十一个传统的州府之一严州府的府城，传天下梅花两朵半，北京一朵，南京一朵，严州半朵，古建制中唯京城的城墙方可以梅花形筑建，梅城拥梅半朵，故此得名。

旧时的梅城繁华，是以水路相通，来往的徽商都从此经过,现如今水路没落,昔日的繁华也就销声匿迹了。

现存的严州古城,为元末明初由朱元璋外甥、明代开国功勋李文忠所建,目前仍保留有历代城墙遗址、基本的城池格局及内部街区肌理、遗留景点与其宋、明历史鼎盛时期相吻合,地方传统生活风貌与历史文脉得以延续。

城中至今还保留着六合古井、思范牌坊、建德侯坊、明桂青柯,北枕乌龙山,南临三江口,城有两湖,东西点缀,外有双塔,南北对峙。北宋时期坊巷制度解体,但坊门逐渐演变为一种装饰性的标志——牌坊。据宋代书籍记载,当时严州城内共有坊 28 处,可见当年"三辅之地"严州城繁华热闹的景象,到明清时期,城内牌坊多达 115 座,直到 20 世纪 60 年代,尚存牌坊 19 座。

除了牌坊,梅城的许多弄巷也包含着深厚的历史内涵。这些弄巷有以所居居民的姓氏为名,如戴家弄、严家弄、毛家弄等;也有以巷中的特征命名的,如双井弄、观音弄、将军弄、庙弄等。枸树弄、桂花弄则以弄中原种植枸树和桂花树而得名。

在一条弄巷里隐藏着梅城的淳风厚土、绵长文脉。1937 年 11 月,在竺可桢校长带领下,浙江大学开启了七年之久的"浙大文军西征",首站便是梅城。时至今日,古城内仍留存着许多浙大西迁人员办公学习的旧址,许多老街旧巷也亲历了浙大师生当年的学习和生活。

与弄巷相比,作为最繁华的街道,正大街、南大街至今仍为梅城的主要街道,紧邻严州第一码头——大南门码头。近年来,梅城镇对这条承载着严州地域发展轨迹的古街进行了修缮,友人感慨道,从小在这里长大,一天天的变化,我们都看在眼里,今非昔比的街区,看到屋舍连绵、商肆林立的样子,体会到古镇商贸现在的别样风韵。

乌龙山是梅城的镇山,1200 多年来,位于梅城乌龙山南麓的浙江净土宗开山祖庭——玉泉寺内风景依旧,玉泉淙淙,宝相庄严,化度一方。

拾阶而上,穿过一座廊亭,亭内两三算命先生在躺着小憩,没有生意。廊亭的左侧是一水塘,上面有一观音立像,洒着神水。

过了廊亭是又陡又长的台阶,同行友人有的不想走了,聊到僧人能长寿或许是每天都在登山,友人听后,继续前行。

走完台阶,便是天王殿,再往上走是钟楼和鼓楼,不远处是观音阁。登顶前,开始飘雨,湿滑的石路,偶有僧人洒扫寺院,借此,扫尽尘世的不平和苦难。

登到顶峰,这袅袅微微的凉,仿若一股湿漉漉的风迎面扑来。来到这里,清如一潭碧水,濯洗心灵,暖若一串心语,慰藉匆匆。

玉泉寺的邂逅,注定是属于雨天。雨的阴郁湿冷,映衬着寺院内外的寂寥和肃敬,到处是水墨勾出的风物,光阴随雨声残成风骨嶙峋。夏日的莲花,以孤绝的姿态,渐淅沥沥地吟咏,宛若刻意在等一些山人。

随友人至寺庙后院,泡好的陈年普洱,味道绵长醇厚,金黄色的枇杷果蕴藏着清雅,在雨中,整个世界变得异常安静。雨滴打在枇杷树上,叶子尽情沐浴,禅寺的屋檐青瓦层叠,也被时光和雨水绣上"青丝线",听雨僧庐下,鬓未星星,却已然有了青灯古佛的心境,无端让人静默祈福。

山中的植被,一半受光,一半背光,显得那么晶莹剔透,淡雅清新,清丽脱俗。雨改变了山林寺院的颜色,那山林的色彩层次多得几乎难以辨认,在雨中,所有色彩都融化在水淋淋的嫩绿之中,绿得耀眼,绿得透明,仿佛这清新的绿色在雨雾中流动。

远处的村庄也斑驳陆离,时隐时现,似真似幻,煞是娇妙。一朵云突然升起,看不尽波光潋滟,读不完这山色空蒙,只能留下絮语倾诉,让醍醐灌顶升华成最美的梦境。

草芊芊,花簇簇,渔艇棹歌水云间。

凭窗仰望,鸟群飞掠夕阳、茂竹和山谷,岁月如新安江的水一般缓慢悠长,一脉悠思,一捻尘想,亦不必被时间追赶。如果说,历史文化村落是历史的容器,那么它盛满了老百姓的生活状态,既有着历史传承下来的鲜活记忆,也有一些历史与时代产生的新鲜组合,赋予了村落光彩与生命力。建德,正去往明日的方向,历史的步伐在这里开始,也将在这里延续,守着一片纯净天空,看日落风清,山河寂静。

待到山花烂漫时

有一座山,是由日月光辉交织而成,这些年一直掩藏在我的记忆深处。每到冬季来临,星河鹭起,它就闪回我的脑海,逶迤是山,平坦也是山;温柔是山,呼啸也是山。常常记不清楚它的细枝末节,染了许多泥,走过一些路,这座山的形象始终孤寂地待在角落,岁月无情,生命中许多东西被抛下、被放弃,甚至被遗忘,斑驳染尽冬梦,在蒙尘的记忆中它与我对视吟唱。

正月来临,家家户户都在喜庆中迎接新春佳节,电视新闻里洋溢着祥和欢乐气氛,奔波中的旅人神情少了烦恼与迷惘,多了一丝坚毅和温暖。火车站、机场到处排着长长的队伍,黑压压的人群拥挤不堪,稍不留意落脚的地方就会碰到地上的行李,焦躁的催促声与交谈的呼喊声此起彼伏,为了避免白天堵车耽误时间,夜间的高速公路车来车往让人把生活看得更加透彻。人群中我也踏上行程,陪同林先生前往衡山祈福。

仁者看山,智者看水。衡山是上古时期君王唐尧、虞舜巡疆狩猎祭祀社稷,夏禹杀马祭天地求治洪方法之地。

衡山山神是民间崇拜的火神祝融,他被黄帝委任镇守衡山,化育万物,死后葬于衡山赤帝峰,被当地尊称南岳圣帝。衡山南起"雁阵惊寒,声断衡阳之浦"的衡阳市回雁峰,北止"停车坐爱枫林晚,霜叶红于二月花"的长沙岳麓山,由巍然耸立着的 72 座山峰组成,也被称为"青天七十二芙蓉"。衡山横跨湖南省 8 个市县,逶迤八百里,层峦叠嶂,群峰巍峨,岩石表面遭到千百年的冲刷和剥蚀,加之风化雕刻而拥有了钟灵毓秀之感。

从东临湘江的"天下南岳第一峰"向北出发,车程 1 小时我们便抵达主峰,山脚下的大庙香火鼎盛,不分四季,不问昼夜,在人们一年又一年的美好愿景中燃烧不尽。大庙四周围以红墙,角楼高耸,寿涧山泉,绕墙流注。原以为这里是佛教圣地,没料想,庙内东侧有 8 个道观,西侧有 8 个佛寺,以示南岳佛道平等并存,而中轴线上的南岳大庙庙门称为棂星门,属于儒教。在中国名山大川中,儒道佛三家可以在一座大庙共存共荣,唯有南岳大庙一个,三教共同尊奉南岳圣帝祝融氏,祝融峰是衡山上最高的山峰,火神的名字叫祝融,传说他住在衡山上。

林先生告诉我,传说中的衡山是盘古开天地时,由盘古的左臂变成的,又说古代星相学中"长沙星"主管人间寿命,古时衡山县归"长沙"管辖,借名借义衡山就成了"寿山","寿比南山"就是这样演绎出来的。因为要徒步上山,林先生讲起他学生时代的经验,山上积雪结冰,路面湿滑,穿军靴上山是最合适的,有的人还会买双草鞋绑在脚上防滑。我说这都是老黄历了,现在的环境没有那么恶劣。今年虽然没下雪,但温度很低,也比较冷,树梢上结冰棍,地面稍有冰晶。品每一块石头,赏每一片冬景,尤其是人少景美的地方,可以慢慢地走、慢慢地看,浏览乘车和坐索道看不到的美景。

到了半山亭,林先生说要在此等一个人,他满脸神秘,未多做解释,我也收起了好奇心。过了一会儿,眼前出现一辆白车,顺着盘山路开上来。从车上出现了提前约见的一位家人老友,我和林先生与他未曾谋面,据林先生介绍,他是衡山广济寺的住持。住持是为了到山脚的太庙办事方便,便开车上下山,随后他把我们带到了广济寺。

广济寺位于祝融峰与紫盖峰两山之间的峡谷中,创建于明朝神宗万历二十五年(1597 年),原名清凉寺,看到寺中的介绍,之前这里古寺断壁残垣,只遗留了一块石碑,周围荒草丛生。这位住持来此后,萌发信念开始重建,走访调查、规划设计、建设施工等。终于历经几代兴衰,寺院至今又面貌一新,它由两进组成,建筑古朴典雅,三面有高山环绕,石岩壁立。岩石上古藤蔓生,青苔覆盖。寺前、寺后各有一片原始次生林,生长着许多常绿的阔叶古树,距寺院西北方向 30 余米的地方,在一条清水长流的溪涧边有四株绒毛皂荚,是世界罕见、南岳仅有的珍贵古树。

夜晚在寺内下榻,按照规定林先生和我分住男厢房和女厢房,还未收拾妥当,林先生的电话就打来了。他让我去一个地方,原来殿旁的偏房内有几位陌生人正围着炉火聊天。有国外友人,也有香火食客,大家不知从哪里来,从事什么样的工作,有着怎样的生活,或者明天要去往哪里,只是聊着这里的山、这里的水、这里的人,聊着走过的路途、到过的地方,中途没留意几个外国友人的对话,我被边上一只小猫咪所吸引了,一个随父母前来的小男孩,见我很喜欢,抱起来向我走过来,他满脸羞涩,只是用笑容向我传来友好,这个小细节,至今一直在我印象里,中间没有语言的交流,却传递了沿途的温暖。

中国人观念里,"热闹"这个词是多年不变的。同样,"孤独"这个词,是让人害怕的、逃避的,我也不例外。但是,随着林先生去攀山、跨海,我发现我是与自然独处的,我是在不断挑战和战胜自己的,也有机会去结识这个世界上某个角落里的某个陌生人,就像平行世界里的某个时刻,与其相遇了,是值得珍惜的缘分。或许是一面之缘,一事之交,却可能无形中在你的心里种下了一颗种子,旅途中遇到的特别的事情、特别的景,都可以装点我们的美好记忆。

深冬时节,夜色中的山顶换上了神秘幽深的暗色装,仰望夜空,有手可摘星辰的感觉。我们找到了大庙最顶层的平台处,山上的夜里冷如窖藏。林先生穿着借来的军用棉大衣,带上裹着两层羽绒服还不断搓手的我,我心里暗自好笑:我和这家伙一样疯啊;但是这样的夜色与寒风令人清醒。在这里的人是幸福的，万籁俱寂，漫天星辉，唯有耳畔虫鸣，钟声回响。委屈的事、不甘的事、忧愁的事、后悔的事……心怀诸事寻一隅来求解或逃避，有时答案在自己心中，只是随着我们的困惑会犹豫不定，抬头仰望星空，那些忘不了的、放不下的，也许就自然而然地解开了，缠绕心头无法释怀的事儿也随风飘远了。

清晨，有四五人拿着扫帚，默默地清扫院子。打扫后，她们还拿来水桶，将地上的鸽子粪清洗干净；有的还在擦洗门框、树根。在细心地清扫完以后，她们才把工具放回了原地，每天早上在寺里义务扫地、清洗，这些人多年以来，风雨无阻。一位阿姨笑着说，寺院里经费有限，也没请什么专门的勤杂工，有时候事情一多，师父们没有空打扫。衡山是旅游景点，寺院里经常有游客来参观，我们扫扫地，也算是为城市做点贡献。

我和林先生与山上的新朋旧友、小猫一一道别，林先生从住持那里得知下山有两条路，他问我选择哪一条，我心领神会。随后我们从后山的小径出发，薄雾弥漫在山峦林间，低首漫步游走在无风音息、繁枝空畅的云间小路上，似淡纸浓笔，融化在天地之间。

山，本就是弱者的屏障，强者的力量。你可以一辈子不登山，但你心中一定要有座山，它使你任何一刻抬起头，都能看到自己的希望。

一封时光的情书

诗人顾城说,我的心,是一座城,一座最小的城。每个人都有这样的一座城,这座城里有欢笑与寂寞,也有喧闹与悲伤。

六月的某天,我在一座城市等待延误的飞机,也是很久没有静下来泡在书店里。周国平的一句话让人无法抗拒:不要以为平庸的书无害,世界上平庸的东西实在太多了,它们会使你在精神上变得和它们一样平庸。

不久前,一个风吹过的下雨天,和友人结伴向南,进入广西北部三江侗族聚集地。古老的街道,木制的矮房屋,在水边还有穿着侗族服饰的女孩弹着民族乐器,清亮的嗓音穿透这片孤寂的大山。

沿着不易察觉的小路走到深处,眼前豁然开朗的是一家酿制米酒的小店。店门前坐着驼背的老奶奶,店老板是一个皮肤黝黑、精瘦的男人,他的老婆在侧门推着一桌的米,小儿子用瓢把发酵的米舀在木桶里。

三只大木桶架在火上烘烤,泥土里散发着雨后的清香。我看着他们安静地配合，喝着店老板馈赠的米酒，因为调配了纯正的蜂王浆，初尝甜蜜浓厚，忽觉慢慢品出添了岁月的味道。

他们独守一隅，好像人生从未跟财富关联，一辈子就靠一项技能养家糊口，坚持做着自己的事情，安然处世，恬然自足。他跟随着自己的内心，老老实实地当个手艺人，辛勤地营生，显得与时代脱轨，这种没有功利性的坚持让人心生敬仰。

似乎我们做一件事常常被赋予太多意义——活得精彩，活出价值。书架上畅销的是心灵鸡汤文，屏幕上滚动的是人生成功学，点击率最高的是名人志士最豪放的演讲。如果没有结果，没有捷径，那么就被打上灰暗的标签，所以我们读书选择社会认可的专业，所以我们相亲不停地对照结婚标准，本末倒置地以速食节奏生活。

我们同样收获了果实，却没有深刻体会耕耘的过程，我们无法热爱生活，我们很难珍惜拥有。

在涠洲岛的教堂旁，有一家糖水小馆，那里的糖水似甘露清甜，炎热的太阳下来一碗解暑又凉爽。

听店老板说，这座教堂落成于 1880 年，是一座完全没有钢铁建设的哥特式建筑，花了 10 年时间，用岛上特有的珊瑚石，建造了这座占地面积近千平方米的教堂。看着盖起那么多年却依然如故的大教堂，仿佛看到了岛上渔民面对困境，坚毅勇敢的眼神。

糖水老板家做的饭菜很香，他每天守着这座教堂，给自己在"外面的世界"读大学的女儿供学费。他念念叨叨说，这座岛上没有高中，从那时候开始供孩子读书已经花了几十万元。虽然满嘴不情愿，神情却是一脸骄傲，就这样一日复一日，他守在这里，这座保持原始状态的小岛。

岛上很多年轻人无所事事，游客少的时候，就在树荫下乘凉打牌。这里大部分水果是从"外面"运来的，"外面"是距离 21 海里外的北海——"朝苍梧而夕北海"。

小叶就是从"外面"嫁过来的，她开着观光车载客，像蚂蚁一样忙，却像蜗牛一样慢。在这里生活了 8 年多，有两个儿子，最想要的是一个女儿，因为带着父母出来游玩的大部分还是女儿。想买一颗黑珍珠，2000 多元人民币，太贵了，所以经常去店里吹空调顺便看看那颗黑珍珠。那只不是最名贵也不是最稀有的黑珍珠是否也知道，自己无法被深爱的人带走，而她一辈子就喜欢那么一件礼物。

岛民也总是纯朴直率，聚坐在沙滩上，吹着海风，喝着啤酒，吃着烧烤，看着投影机上巨幕的球赛，欢呼声一浪高过一浪。曲终人散的时候，霓虹灯瞬间熄灭了，黑暗中只有海浪拍打岸边的声响，来来回回，不舍退去。

在一家租"电驴"的小旅馆，有个风趣的东北大哥，笑着说没有等到我们一起喝酒高歌，他却独自喝醉了。我说以后还会来看你，东北大哥摇摇头，他在每一处只是待几年，就会换一个地方走走。

也许，我们不会再见了。

不禁想起大洋彼岸，另一个遥远的国度。那里有天天下水而认识的黑人安全员，也有因为受伤来定时换药的护理大娘。每个清晨有最热情招呼、最清脆的口哨声、最爽朗的欢笑。

他们虽然也忙于生计，但是他们不是出于什么事业心，就是发自内心的喜欢，工作的过程就是享受，生命质朴而有力。即将离去前，先生目光如炬地遥望海平面，低沉地对我说，以后一定要带着女儿来看看这里的风景，来看望这些老朋友。

风景依旧在，故人何时来。叔本华说，每天都是一段小生命，每日醒来起身是一次小出生，每个新鲜的早晨是一次小青春，每晚休息睡去是一次小死亡。充满故事的城，生机盎然的心，埋下种子，精神在成长。会为一些生命微细瞬间而触动，并不丢人，越长大，原是该越温柔的吧。总会有不期而遇的温暖，总会有生生不灭的希望。

愿我们长大，却永不变老。

深山林海那尔轰

这是 2018 年的 8 月末。

秋天的气息在东北已经日渐浓厚。

"我们这里的人都喝这种矿泉水。"

说话的是位于白山市的吉林省森林公安局三岔子森林公安分局政治处宫林主任,身型偏瘦,皮肤黝黑,精神矍铄,笑容憨厚,有着东北人特有的一股热情劲。

他手里拿着一瓶写着"泉阳泉"牌子的矿泉水,随手递给我。

泉阳泉水源地处于 6 万平方公里的原始森林中,距长白山天池直线距离只有 36 公里,且为无人居住区,泉阳泉水源地与法国依云镇 300 年前的生态环境相当,是世界仅存的几个没有污染的矿泉水生态环境之一,被列入长白山天然矿泉水原产地域保护范围。

在吉林省很多地方,可以看到人们手里拿着的矿泉水是"泉阳泉"这个牌子,味道甘甜又价格实惠。

经过服务区买完水,我们继续驱车赶路。

三岔子森林公安辖区总面积 22.3 万公顷,辖区内国家重点保护野生动植物有美人松、红豆杉、水曲柳、黄菠萝树、紫椴、东北原麝、白鹳、黑鹳、中华秋沙鸭、紫貂、黑熊、水獭等,担负着保护三岔子林区森林及野生动植物资源、保护生态安全、维护林区社会治安秩序的重要任务。

一边赶路,宫林主任一边介绍。

分局有着悠久的历史,在吉林省森林公安系统属于成立较早单位。经历岁月的洗礼,经过森林公安体制改革风雨历程,改革的惊雷划破漆黑的夜幕,沉闷的雷声如同大炮轰鸣,外面浩大的暴风雨都化作甘霖,敲打浸润着这一片安静僻壤。

1946 年成立辽宁省利华林木公司,设立警卫班,后改称公安队。

1949 年成立辽东林务公安分局,1951 年恢复公安建制,成立辽东森林工业管理局公安处三岔子公安分局。

1953 年撤销辽东森林工业管理局公安处三岔子公安分局,成立三岔子森林工业公安局。

1961 年更名为吉林省三岔子林业公安局,2001 年初更名为吉林省三岔子森林公安局。

2009 年 9 月,根据吉编(2009)26 号《关于全省森林公安机关机构设置和政法专项编制分配下达有关事宜的通知》,原三岔子森林公安局更名为"吉林省森林公安局三岔子森林公安分局"。

风云变幻几十载,不变的是远见者之心,有山水的援护,有历史的积淀,吉林森林公安始终着眼于森林公安改革和发展的大局,站在践行习总书记"绿水青山就是金山银山"的理念和国家生态文明建设的高度,努力实现"创建全国一流的森林公安机关、林区群众满意的公安队伍、人与自然和谐安宁的生态林区"的新思想、新起点、新征程,彰显独特的文化与个性,一代又一代先锋弘扬着林业人的精神风貌和家园理想。

山高路远,谷深林密。途经景山县,想起采访的全省森林公安"十大优秀派出所民警"刘贤森。1995 年 4 月入警,刘贤森便一直投身于大山深处林场派出所工作,入警不久,刘贤森被分到景山森林公安派出所,一干就是 7 年。说起这 7 年,他对家人心有愧疚,自己的孩子年幼,父母年迈,离家又远,仅靠着妻子独自撑起一个家。当时妻子在纺织厂工作,还有夜班,大半夜就要爬起来,拿布兜背起熟睡的孩子,踩着微亮的月光,赶着泥泞的夜路去上班,妻子说自己咬牙撑着,不敢生病,一旦倒下了这个家就没有人照顾了,她就一直这样默默支持着刘大哥的工作。

然而,即使自己有家庭困难,刘大哥也坚持奉献,毫无怨言,甚至,还主动帮助有困难的林区群众。

其中,有位姓李的贫困户,为了给自己孩子挣学费盗伐木材,被抓获以后,他的妻子刘大姐哭着来派出所求情。因为李某是家里的顶梁柱,如果被处罚关押了,家里的一亩三分地没有人种,全家没有收入来源。刘贤森告诉刘大姐,按照规定,处罚是不可避免的,任何情形都不能无视国家法律法规。但是,庄稼地您也放心,有我们在,民警来帮您种!

这样的情景几乎每天都在上演,看到身穿破旧棉大衣打拉烧柴的村民会让人心生怜悯,刘贤森心里时常感觉到酸涩,自己宁愿出钱补贴他们,但是这份柔情却不能泯灭肩上的使命。

从乍暖还寒的春天,忙碌到红叶似火的秋天,刘贤森带领几个民警埋下种子,洒下汗水,半年的时间,在荆棘和贫困中拓荒,凝聚水土,滋润心灵,一个人最朴素的恻隐,在人群中激荡着向善的涟漪,也耕耘着那些被折叠的人生。当李某走出看守所,回家看到一片庄稼地里颗颗饱满的收成,抑制不住内心激动,他拉着刘贤森的手久久不能说话,七尺男儿不停擦拭眼角的泪水。从此以后,李某更是主动当起森林资源义务宣传员,向周围的群众普及爱林护林的法律法规,加强群众生态文化意识。

经过景山林场曲折的小路,似乎看到寒来暑往,刘贤森怀着一名森林公安民警对保护森林资源、保护生态安全责任和信仰的坚守,凭着一股坚韧不拔的意志,扛着林区法治的大旗,行走在茫茫林海、崇山峻岭,守护着绿色,守护着希望。

景山县的下一站,是靖宇县。

靖宇县原名濛江县,1946年为纪念东北民主抗日联军总司令、民族英雄杨靖宇殉难而改名为靖宇县。

它位于吉林省东南部,松花江上游,这里既是"中国长白山矿泉城",又是"长白山大型天然矿泉水基地"。早在1995年,靖宇县即引泉入城,清清泉水流入千家万户。从那时起,县城生活用水全部为天然矿泉水,是国内最先实现居民生产生活用水全部是矿泉水的城镇。

我们要去的那尔轰派出所,就位于靖宇县一个叫那尔轰的小镇。

那尔轰,一个起源于满族的名字,满语释意为"高高的山脉,细细的河流"。名副其实,这里蕴含着边疆色彩。离目的地越近,越能感受到那嵯峨黛绿的群山,满山葳郁荫翳的树木与湛蓝辽阔的天空,缥缈的几缕云恰好构成了一幅雅趣盎然的淡墨山水画。

从白山市江源区驱车行驶两个小时、绕过数个盘山道,汽车里程表显示出最终答案:106公里。

20多年前,那尔轰还没有修水泥路,离家遥远的民警,半个月才有一次休息的时间回家探亲,路上只能依靠林区小火车,一早7点上车,得晚上八九点才能到站。

此刻从车窗向外望去,远方云雾萦绕,山峦叠翠,俯视山下,只见绿树成片,绿草如茵,有少许鲜花装点,已然是个安身修养的好地方。

这个小镇的派出所一共有7个编制内民警,有一位今年 9 月份退休，有两位是明年 3 月退休，现在所里最"年轻"的，就是已经 54 岁的所长孙强。

来之前，就提前了解森林公安的艰辛。踏冰爬雪、翻山越岭，纵然是悬崖峭壁、千沟万壑，毅然日复一日、年复一年地守护着森林资源的生态安全屏障。

这里阴冷潮湿，环境更加恶劣。那尔轰冬季严寒，气温最低可达零下 30 多摄氏度，巡逻警车到深山里已经不能熄火，步行往返超过 20 公里，无人区的雪深达到 1 米以上，每前进一步都十分艰难，作为开路的孙强所长最累，走在最前面不知道雪的深厚，有时候一脚下去，半个身子已经进入雪里。到了夏季，蚊虫无处不在，新伤添旧伤，孙强所长浑身都是被叮咬后溃烂发炎的伤疤。

但是，从见到孙所长开始，他的描述中没有对工作丝毫的抱怨，只流露出对这片土地最深沉的热爱，天气晴朗的日子，来到林间，踩着满地的落叶，咯吱咯吱，别有一番韵味。冬天，整个山野被大雪覆盖，银妆素裹，美不胜收。

走进那山，飘飞的思绪便有了归宿；走进那水，满怀的情结便有了寄托。

中午 11 点多，孙强所长带着我们乘船来到苍鹭聚集营巢的山崖附近，过了一会儿，依然没有看到苍鹭的影子，渔民告诉我们，大概中午都出去觅食了。

"孙所长，你带我们找苍鹭，苍鹭在哪里？"同行的一位人员急切地询问。"不要着急，跟我来。"孙所长一边笑着一边带领大家继续乘船前行。

"看到了吗？远处水面上的几棵枯树，上面就是苍鹭的鸟巢，我们不要过去，会惊扰它们。"听了孙所长的话，渔船停在附近远远观察。只见数百米外的山头上，一排桦树的树枝，成了苍鹭的栖息之地。

"在这边!"突然，宫主任指了指前方，不远处的水面上，一只苍鹭时而俯冲水面，飞快地啄食，时而展翅空中，悠然自在。

群山环绕，碧波荡漾，那尔轰辖区的松花江畔与往年大不一样，寂静的树林里有几百只苍鹭在树尖儿上筑巢，往日平静的江面如今有成群苍鹭、野鸭在水面嬉戏觅食，整个场面好不热闹。

曾经，苍鹭是中国分布广和较为常见的涉禽，几乎全国各地水域和沼泽湿地都可见到，数量较普遍。但如今随着苍鹭生存环境条件的恶化和丧失，种群数量明显减少。

在松花江源头附近山崖的树上的苍鹭们，结成小群集中营巢，有时一棵树上有巢几对至十多对。

孙所长为我们介绍了这个苍鹭家园的情况。原来，在2016年初春，国家全面实施停伐政策后的那尔轰林场施业区内万物复苏、生机盎然。6月中旬，巡护小队的民警照例于清晨来到东大沟江边进行巡逻，发现一只水鸟被渔网缠住身体，无法离开江面，经过民警们细致的处理，成功地将鸟和渔网分开。可此刻这只鸟嘴角和双腿均有伤口，无法起飞,孙强所长当即决定将它带回所里,再做处理。

　　一方面要细心地处理伤口,另一方面还要喂饱小家伙。派出所远离城镇,驱车到江边又要一个小时,远水难解当下之急。民警徐公林转身跑向了自己的休息室,不一会儿端着一个盆走到了鸟的旁边。原来,他将自己精心养了一年多的四条鱼装在了盆里,来给这鸟充充饥。看着小家伙一口一条鱼,吃得狼吞虎咽,所长孙强立刻说道,明天开始,咱们的伙食减减量,采购的同志每天都要买些新鲜的鱼回来喂给它吃!大家听后连连点头。

　　通过查找比对,最终认定,派出所救助的这只鸟是国家二级保护动物——苍鹭。

　　几日后,孙强所长带着民警乘坐着渔船前往东大沟江边,准备将痊愈的苍鹭放飞。

　　渔船行至鸟类聚集的山崖下,他们双手托起苍鹭,只见它奋力震动双翅,一跃而起,跳入江面,在江上急速奔跑并挥动翅膀,忽地一下子飞到空中,与迎接它的伙伴盘旋于苍穹之中。

　　自此以后,短短两年的时间,原来候鸟只有一两种,一两只,到现在多种候鸟成群结队来到那尔轰沿江繁衍生息,甚至许多以前都没见过的候鸟都选择在这里进行繁衍后代,形成种群态势,这在以前是没有的。

　　渔民告诉我们,这些年在森林公安的宣传教育下,当地百姓已经牢固树立了候鸟就是自己亲人的理念,保护森林资源就是保护自己的家园,村民们每年都会配合森林公安机关保护候鸟,自觉保护生态环境,自发清理江畔垃圾废物,对来往游客进行监督,提示游客自觉保护两岸生态环境,保护候鸟。

从两年前救助一只,到如今回访两百多只,这是专属于森林公安与众不同的情感世界。

就像这群候鸟一样,冬去春来、流连忘返,究竟是怎样的终点,才配得上这从南到北颠沛流离的征程。

山依偎着水,水映照着山,静静的和谐,淡淡的孤寂。山为水器,水为山魂,闲散的心境一如人生,慢慢地把岁月怀念,静静如水,淡淡如山。

如今,时代发生了深刻变化,像刘贤森、孙强一样的森林公安始终保持着共产党人的忠诚本色,以青春的奉献换得家乡绿谷的青春容颜,在平凡中不凡,在尽头中超越,脚踏泥泞,俯首躬行,用几十年的时光坚守着一名森林警察的初心。

源自大山的真诚、朴实、厚重、无私、奉献,从远古走来,养育了祖祖辈辈,影响着一代又一代人。无论时光隧道如何穿越伸延,山依旧恪尽职守,沉稳伟岸,亘古不变。

他们深深地爱着绿色的林海,爱着家乡的山山水水。也许正是这样的情感,离开那尔轰,你会想念这里的浩瀚林海、汩汩矿泉和向你微笑的勤劳朴实的山里人。

人生的大多数

在三亚俗世的怀里,大海是人们心底的颜色,一阵风吹过,便是时光的经过。短短五天,只取悠闲不取奢,这段旅程很快结束,我们从一个别人待腻的地方,去往另一个别人待腻的地方。

回到北京,遇见一位滴滴师傅,出门迎到他正在打枣,一路指着百年的枣树,念叨着四合院打枣树是童年难忘的回忆。说着,他就拿出一个刚摘的"马牙枣"递给我吃,还介绍这是中药的八宝之一。据他所说,老北京原来有约3800条胡同,院落有致,串出去的都像叶子,从空中看宛若枝繁叶茂的大树,现在拆得只剩枯树干了。清早听故事,老北京被描述得很美。谁不爱家乡?大多游客也喜欢这样的北京,或许,这是我们互会而过时交换的一丝丝光亮。

从某种意义上,世间一切,都是遇见。冷遇见暖,就有了雨;冬遇见春,有了岁月;天遇见地,有了永恒;人遇见人,有了生命。在《朗读者》节目中,董卿如是说。回想起来,也是三亚一路上遇见滴滴司机最好的注解。

　　刚抵达时,来接机的师傅是山西人,在三亚这座城市大概停留半年多了,过得不习惯打算回去。他非常热情地向我们推荐了物美价廉吃海鲜的地方,还饶有兴致地说起第一次载客,旅客问他哪里有适合吃海鲜的地方,他说自己刚来不清楚,后来拗不过旅客追问只好随便带去一个听说过的地方,但也不能确保是令人满意的。山西师傅刚离开一会儿,就接到旅客的电话埋怨,说这个地方特别不好,后来山西师傅回来接他并且回程免单。人与人遇见是一种缘分,基于这种萍水相逢的信任,自此以后,他希望自己能给更多外地来的朋友提供有效信息。他说,现在网络信息这么发达,信息接收的渠道越来越多,出行、餐饮都十分便捷,但是海量信息使接收到的有效信息变得更有限,不像原来读个报纸看个新闻就能写一大段作文出来,网上的信任危机甚于现实社会,也不能真正满足活生生的人情感需要。

　　面对网络世界的冰冷和虚拟,我们变得更需要在现实生活中遇见热情和信任,旅行中陌生人的信任来自最简单的期待,"与一生中不会再见第二次的人相遇",得到过他们的帮助都是小确幸,被一些平常的品质所打动,比如正直,比如有耐心,比如深夜吃到美食,还有人送你回家。

　　之后,遇见一个在这里定居的湖北司机,小孩子6岁了,老婆是海南人,海南已经成为他的第二个故乡。海南的女人特别能吃苦耐劳,在大街小巷可以看见她们捂得严实、顶着烈日推销荔枝、龙眼、杨桃这样的小水果，绝不比男人弱的思想给人留下深刻印象，她们乐观豁达，相信大富由天、小富勤俭的哲学，只想过平凡的生活。湖北师傅也不愁没有美食解馋，单是早茶中的茶点，在这里能做出数十种不同的花样，甚至冬日里还把甘蔗烤着吃，闲时来喝"老爸茶"。海南话管咖啡叫"咖啡黑"，一杯咖啡、一枚蛋，再续一杯，这样就能喝出一天的精气神。但是湖北师傅最喜欢的还是"吃粉"，就像广州人请朋友上自家常说"到我家饮汤"一样，这里可以把粉当成一天的主食，热情的海南人会说："上我家吃粉！"

去蜈支洲岛的路上，来自秦皇岛的司机师傅，刚年满35岁，板寸头，穿着款式一致的滴滴白衬衣，看起来和其他人没有区别。他来这里一年了，说自己是来散心的。路过超市，我说麻烦您停一下，给孩子买点吃的，他很愉快地答应了。后来，看见在我怀里熟睡的孩子，他突然打开了话匣。

秦皇岛师傅回想着在自己老家的镇子上，是第一个娶媳妇的，第一个盖楼房的，第一个买汽车的。18岁就谈恋爱，19岁就生娃，现在大女儿16岁，儿子11岁，生活朝着正轨前进，但是老婆却要和他离婚。这十几年来，他碰见过很多难熬的坎，甚至女儿得了脑瘤差点离开人世，儿子断过一条腿，但是他依然努力工作支撑着这个家，也不需要老婆出去挣钱。作为男人，他相信自己可以养活一家四口。难关都挺过去了,他的老婆还是递来一纸离婚起诉书。

他不解过,埋怨过,争取过,痛苦过,如一缕青烟挥之不去,终日难眠,最后选择了申请养儿养女,甚至把所有的积蓄划分给老婆,自己只留了两万元作为从秦皇岛自驾到三亚的路费。这一路上,他边散心边靠开滴滴车养活自己。到了这里以后,他反而觉得顺心了,过得也很舒心,虽然不知道自己何时是归期,但是内心终于释然。

岁月无声,流向迟暮。听完他的故事不禁伤感。曾经一起走过春夏秋冬,路过街头车川,我知道你的口味,你知道我的偏爱,一直这样掺和在彼此的生命里。总爱说来日方长,但大多数时候是并没有来日的,那些支撑我们一路向前的人和事,如果不精心地看守,在漫漫无边的以后,只会变成幻影,愈加支离破碎。所以要等,所以要忍,一直要到春天过去,到灿烂平息,到雷霆把他们轻轻放过,到幸福不请自来,才笃定,才坦然,春有春的好,春天过去,有过去的好。愿之后的年岁清醒,好给好人,爱给爱人;往后的余生干净,没有故事,只留下旋律。离别时,对秦皇岛的这位大哥,我真心祝福:苦尽甘来。

怀着一份珍重的心情,走进蜈支洲岛上的妈祖庙。一座很小却有百年历史的庙宇,庙内的工作人员主动又贴心地指点,随喜功德并不勉强。庙外饮一杯八宝茶,上一炷平安香,坐下来感受一丝凉风有信,安静地坐着观察与热闹的妈祖庙形成鲜明的对比,能看到每个人最真切的表情,亲爱的脚步和孤独,亲爱的拥有和虚无,亲爱的欲望和胆怯,亲爱的冷漠和热烈,在这座小小的庙里一个又一个来来往往,进进出出。

倘若尘世里注定要这样的遇见:你坐在轮椅上,我走过你的身旁。你醉倒于我的容貌,却不敢向我言语,似一棵开花的树。那么,我不会忍心让你的心似落了一地的花瓣,在尘世里孤独终老。

深夜,天气依然炎热,在无边的露天泳池里我和宝贝数着星星、大声唱歌,除了不远处的救生员,空无一人的泳池溢满了我们追逐打闹的兴致。月光还在、余温尚热、人心未塞,身披铠甲的内心忽然原谅一切。

这个世界看起来越来越丰富,但变得越来越贫乏。从前遇见风景,像很多女人一样,打扮化妆晒太阳拍美美的照片,倒不如放下端持来,好好试着疯玩一场,这样与碧海蓝天融为一体,似乎更加迷人。

离别那天,来送机的司机师傅是一位吉林大叔,在政府事业单位工作,到了快退休的年龄,闲余时间跑出来开滴滴。他的儿子在一家国企的项目部,风餐露宿十分辛苦,每次在贵州等偏远地区要守到一个项目结束。老两口掏了 60 万的首付,在天津给儿子买房子,儿子一年也回不去住一次,儿子说自己还贷,可是一个月还贷剩下只有 2000 元。可怜天下父母心,宁愿自己在外面跑车挣点钱,也看不得孩子受累辛苦。吉林大叔问我:"像你们这个年纪的,都不愿意考公务员吗?"春节的时候拉客人,吉林大叔说自己见一个问一个。我也不知道怎么回复他,身边的朋友也有很多不同的选择,就算今天当了公务员,也许明天就不是了。

鲁迅在拯救人的灵魂和人的生命之间选择成为一代文豪;比尔盖茨在创立事业和入学深造之间选择成了企业家;迈尔克·乔丹放弃了棒球运动员的梦想,选择成了世界篮坛上最耀眼的"飞人"球星;帕瓦罗蒂放弃了教师职业,选择成为了名扬世界的歌坛巨星。

有些选项看似诱人,如果不适合自己,那就要果断舍弃。人生的大多数时候,无论我们怎样审慎地选择,终归都不会是尽善尽美,总会留有缺憾,但缺憾本身也是一种美。

这就是生活,我们四处奔波,只是为了明天。孤独也好,爱情也罢;工作也好,亲情也罢;人这一生有过多少前行,就有多少等待,正如黑夜和白昼一样长。如果发现事实并非原来的样子,希望你有勇气,重新上路,做那种十分有生命力的成年人。

咸咸的空气、甜甜的椰青,潮起潮落,踏着柔软的沙粒等日落,扬起手中的沙,飞鸟与白云擦肩而过,星空和夜晚的海风,天涯和海角,天荒或地老,仿佛只一秒靠近岁月的蹉跎,愿遇见的每个人都能拥抱生命的美好时光。

川西之行

一、谁才是杀手

进入四川盆地一路而来,我寻到许多果子,缀满枝头的青柚、星星点点的柑橘,还有掩埋于土地的生姜。有时,我忍不住去触碰它们的表皮,指尖的轻点像婴儿般用触觉探索这个未知的世界,也像成人与成人之间的握手示意。

我不知道它们今日几岁,如何从出生地被带往生长的地方。大自然总是采用最简单的方式来达到它的目的。阳光和风拥有这些果鳞密室的钥匙,选择一个良辰吉日不经意间打开宝盒,那些饱经雨雪的生命藏匿其中,既突然又有力。

与它相遇时,它正依附于草尖,在田地间左右摇摆,在清风吹拂中沉睡。

刚开始,发现它生长在田间小路的水塘边,由一粒粒粉色的小圆球紧簇而成,形状近似草莓,光亮而有质感,我以为是某种果子或者花蕾,嫩嫩的样子很鲜美。见得多了，忍不住问随行的友人，他笑说这是虫卵，而且不清的水里不喜欢去，对生长环境要求很高。

这才知道，它的名字叫福寿螺，比我们常吃的田螺看上去大一圈，比螺蛳更是要大许多。福寿螺椎尾平而短，螺盖偏扁，外壳呈金黄色；田螺的椎尾长而尖，螺盖形状较圆，外壳呈青褐色。

友人介绍说："福寿螺不仅食量大，河道里其他生物基本没办法存活，还会咬食农作物，造成农作物严重减产，在南方水域里简直快要泛滥成灾的一种入侵物种，农民提到它都是恨得咬牙切齿。"

另一位友人提道："吃货可以把它吃了呀，像小龙虾、大闸蟹之类的直接煮了吃。"听完大家忍俊不禁。

"其实这种入侵物种吃的后果有点严重，福寿螺里面的细菌、寄生虫即使经过高温也是很难杀灭，大家都不愿意拿自己的健康冒险，所以吃货也无能为力。"

听完，我们正一筹莫展，友人忽然又笑了："现在福寿螺的卵正在慢慢减少，也确实是被我们消灭的。虽然它的繁殖能力很强，但是对水质的要求很高呀，也就是只能在没有污染的水里才能生活，现在我们各地都喷洒农药，水里会有农药残留，这就让福寿螺根本没有办法生存，所以福寿螺在我们中国境内就慢慢消失了。"

这一席话让我们喜忧参半。我们踏足过最高耸的山峰，也潜入过最深沉的海渊，但是地球万物绝不仅是如此，大自然是天然博物馆、收藏馆、展览馆,只要留心到处都是美,都是书,而有时我们只是解密了它的某一种用途,有时候却试图改变它的生存空间,甚至解构和重组它的初貌。

想到漫长征途上的川藏线,皑皑的雪山、圣洁的湖泊、虔诚的朝圣者、坚强的骑行人,魂牵梦绕在诸多远行者的心中,这些年来,川藏线的美丽一直都是与他的危险并存着。

318国道川藏线分南北两线,都是东起成都西到拉萨,全程2000多公里,从肥沃的四川盆地一路向西直达世界的屋脊青藏高原,翻山越岭、涉水渡河、道路坎坷、气候多变,沿途景色随着地点的不同而不同。

走过被誉为最美丽的风景走廊318国道,感受着"身体在地狱,眼睛在天堂",但随着如今开通了一个又一个隧道,那些没有运输功能的公路就会被取消,许多垭口的美景成为过去式,进藏的困难被大大减轻,他的迷人魅力也同样减少。

米拉山垭口是川藏线的最高点,也是川藏线上最后一道天然屏障,每一个到达这里的人都无法掩盖内心的激动,因为过了这个垭口,便一路下坡,只需驱车3小时便到达拉萨了。然而,伴随着米拉山隧道的贯通,新的奇迹出现——世界海拔最高的公路特长隧道,从此米拉山垭口成为历史。

与此相仿的,还有千里川藏线的第一道咽喉险关二郎山垭口,翻越二郎山垭口之后回头看,掠过层层的云雾奇妙地变成另一种境界。随着二郎山隧道的通车,这些曾经漫长的艰险,无须再翻山越岭,行车时间减少了 3 个小时,5 分钟就可以穿越川藏线上的第一高山。

当地人有句话叫"吓死人的二郎山,烦死人的折多山"。位于四川省甘孜州境内的折多山,来回盘绕就像"多"字一样,拐了一个弯,又是一个弯,最高峰海拔 4962 米,垭口海拔 4298 米,与康定市的海拔落差 1800 米,是川藏线上第一个需要翻越的高山垭口,因此有"康巴第一关"之称。

同样的,著名的剪子弯山,藏语名字叫"惹玛那扎",意为羊子山。剪子弯山的天路十八弯,曲折的胳膊肘弯一个连一个,拐弯处写着名副其实的"天路十八弯"。千山万壑尽收眼底的意境,领略一番茶马古道的古风遗韵。

其间的壮美,不身临其境是难以体会的。但隧道沉默不语,必然在一些人的遗憾惋惜之中,换来另外一些人的忆苦思甜。

人们深情地吟唱,却对一切漠然置之。风景,近在咫尺;志趣,远在天边。有关时间,有关依然,在变与不变之间荡秋千,组成了不同的个体,也组成了自我。

我们时常想改变,变成一个全新的自己,经历会抹杀曾经的单纯与幻想,时间在前移,没有后退的按钮选项,目光所及、步伐前行之路的不同,注定我们在这一秒和下一

秒的选择有所改变,谁来决定变与不变?是自己主动为
之,还是环境被迫而起?我们是主动的人还是被动的人,
是拿起枪对准自己,还是被枪指向胸膛?我们无从知晓更
多的原因,无法做出精准无误的衡量与判断,却最终会看
到自己通往内心那条路的方向。

一阴一阳往来循环之中,产生春、夏、秋、冬四季。万
物生长发育,有些东西消失不见,却仍然陪伴在你的左右。
理想的社会不再存在于过去,而是未来,新世纪是进步观
念迅速兴起并被人们逐渐接受的时代。进步,不仅仅只是
被想象成一种对未来的无止境的伸展,更被当成了一种必
然和确定。唯有勇敢的生活,敢于毙掉生活庞杂的细枝末
节,不断补充主干的养分,泰然面对所有的变化,醒觉的一
念之间,不管是好是坏,总会有不同的收获。

二、一切不以美食为目的的旅行都不尽兴

当我徐徐望向窗外,充足的雨水滋润大地,随着土壤
裹紧每一滴甘霖,破土而生的万物沐浴着明媚的阳光。此
刻,一支野生松茸开始接受温度、虫伤、人为暴力采集对菌
丝的伤害,不仅存活是奇迹的诞生,保鲜也是世界的难题。

松茸含有 49 种活性营养物质,将新鲜松茸在零下 170
度的环境下,经过真空干燥技术生产的干制松茸,才能够
保存鲜茸的大部分营养和味道。

宋哲宗元祐年间,唐慎微著《经史证类备急本草》业已

启用,因该菌生于松林下,菌蕾如鹿茸,故名松茸。

中国松茸一共有四大产区,云南香格里拉、四川甘孜州雅江、四川甘孜州丹巴县斯达纳、四川阿坝州小金,四大产茸区产茸占全国松茸产量的大部分。

雅江地处四川省甘孜藏族自治州南部、雅砻江中游、青藏高原东南部横断山脉地带中段;斯达纳神山是藏族英雄寄魂山,是嘉绒文化的发祥地之一,雄伟的斯达纳雪山位于四川甘孜藏族自治州丹巴县,丹巴县是西南地区重点林区,生态环境良好,植物资源丰富,是不可多得的植物基因库;而小金县地处青藏高原东部边缘,位于四川省西北部,在阿坝藏族羌族自治州南部。

谈起雅江,总让人想到雅江鱼,每到秋末冬初的时候,鱼肉渐肥,江鱼头小身大,最大的也不过 3 斤,雪青的背脊,无鳞,肉质细嫩,富含磷、钙、铁等微量元素,嘴边有几根长长的胡须,也被称为"胡子鱼"。实际上,它的学名应该叫裸鲤,因为常年生活在高海拔的雅鲁藏布冰雪消融的冷水中,生长期慢,肉质细嫩,除了一根主刺,基本没什么小刺。本地吃法以泡菜鱼为最鲜:鱼块沾料吃,鱼汤大口喝,原汁原味,甘醇爽口,独具山野之风味。

在这些鱼庄内,雅江鱼可以做成好几十道菜,刀工精湛、技术娴熟,清蒸水煮任君选择。还有一种叫"鱼生"的藏式做法,将剔除主刺的肥厚的鱼身切成小小的肉丁,和着切碎的香菜末一起放入大碗中,再撒入盐巴和葛尼辣椒面,稍事搅拌,鱼生就做好了,闻起来却丝毫没有鱼腥味,叫人食欲大动。

行进在川西,印象最深刻的饮食地方有三。一是康定的菌汤火锅;二是阿坝的农家菜;三是小金的猪蹄汤。还有盘山公路歇脚处的干果摊、高原看似澄黄尝起来半熟味道的玉米、藏民裹着薄棉袄串起的羊肉串翻滚在忽明忽暗的炭火之上。

康定的机场位于折多山上,是世界海拔第二高的机场。我们是自驾,穿过雨城雅安,就到了炉城康定,旧史译作打煎炉,后通译打箭炉。康定是汉语名,藏语称康定为打折多,意为打曲雅拉河、折曲折多河两河交汇处。这河水在郭达山脚汇合后相拥东去,穿城而过,将城市分为两截,被称为康定河或炉水,流向泸定后成为大渡河。这样的城中河,我在河北承德见过,也在福建福鼎见过,但是印象最深的还是在康定。河水奔腾不息,有着朝气蓬勃的气势,也有着泰然自若的自信。密集的楼群紧挨着湍急的河水,夜晚没有居民会觉得吵闹,那是生命力的感召,康定是属于黑夜的,当我回想起来,那个小城亮起橙光,霓虹的牌子映照溜溜城的匾额。九月末的晚风带着凉凉的寒意,身上换了薄袄,心里洋溢着暖意。我把红色的围巾裹在头上,轻轻拨动着转经筒,隐藏在土层之下的大自然"小精灵"也开始跳舞。

或许是海拔高的缘故,这里的玉米有点生涩的味道。

但松茸是真正无污染生长,营养丰富,做汤来更是香气扑鼻。撩开未散尽的雾霭,闯进清晨和美的安谧中。露珠吻湿精巧的马靴,晨风偷走悠扬的歌声。用一捧松茸烧汤,并在汤里加进一些略为勾好粉芡的瘦肉片进去,除盐以外,什么调料也不用加,就会馋得唾液满口。它的香淡淡的,清清雅雅的,像是将山中所有的香气都置于一身。一种非常脱俗的山中野味,让你爱不释口,只要轻轻地一抿,就再也放不下了,只能越吃越香,似乎有一种无形的魔力,香得不会厌倦,不会忘记。

三、从你的世界路过

在川西一路会见到各种各样的雪山,但是有个地方还是让人神往,就是被誉为蓝色星球上最后一片净土的稻城亚丁,位于四川省甘孜藏族自治州稻城县香格里拉镇亚丁村境内。香格里拉镇原名是日瓦乡,以三山三海闻名的信仰之地,与周围的河流、湖泊和高山草甸组成的景致保持着在地球上近乎绝迹的纯粹,因其独特的地貌和原生态的自然风光,被誉为“香格里拉之魂”和“最后的香格里拉”。

三大神山是指仙乃日、央迈勇、夏诺多吉三座雪峰,藏语意分别为观世音菩萨、文殊菩萨和金刚手菩萨,对应为北峰、南峰、东峰,海拔分别为 6032 米、5958 米和 5958 米,峰顶终年积雪不化,三大神山共同守护着这片土地。超凡脱俗,玄妙而有灵性,形状也是各有特色。

三海子是指牛奶海、珍珠海、五色海,坐落在高原上,藏在雪山中,清灵澄澈,如不食人间烟火的世外桃源。

亚丁在藏语中意为"向阳之地",保护区内的三座雪山:仙乃日、央迈勇、夏诺多吉,南北向分布,呈品字形排列,统称"念青贡嘎日松贡布",意为:终年积雪不化的三座护法神山圣地。藏传佛教中称其为"三怙主雪山",是藏民心中的神圣之地。1928 年,美国植物学家、探险家约瑟夫·洛克到达此地,回国后在美国《国家地理杂志》上撰文并刊登所摄照片,将亚丁介绍给了全世界。洛克曾说,一生中至少来一次念青贡嘎日松贡布转山朝觐,是每一个西藏人的夙愿。

我佩服这个约瑟夫·洛克,在那么多年前跑到了世外仙境拍照。景区内不仅有壮丽神圣的雪山,还有辽阔的草甸、五彩斑斓的森林和碧蓝通透的海子,雪域高原最美的一切几乎都汇聚于此,这一切的一切都让人流连忘返。如当地虔诚的藏民一样,徒步转山是感受亚丁风光的最好方式。不过由于亚丁保护区海拔较高,全程徒步还是需要相当的体力,并且带着高反爬山更耗费体力。体质不好的话,记得提前吃红景天与备好氧气瓶,如果全程徒步需要相当的体力,更何况还是在海拔 3000～4500 的高原上。

夏诺多吉是进入亚丁景区后,第一座可见的雪山。她的造型棱角分明,刚烈有力,代表"金刚手菩萨",是除暴安良的神明,可以说是"藏区雷神"。仙乃日雪山的造型非常有特色,两座小雪山站在大雪山两边,仿佛是两位童子守护着观世音菩萨。仙乃日的海拔是三座雪山最高,但是观赏难度不高。从观光车下来之后,徒步 30 分钟左右即可到达仙乃日和她脚下的珍珠海。文殊菩萨在佛教中是智慧的化身,雪峰像文殊师利用手中的智慧之剑直指苍穹,冰清玉洁的央迈勇傲然于天地之间。雪山虽美,但是徒步往返央迈勇至少需要 4 小时。加之高原缺氧,对行人而言是体力的挑战。如果体力有限,可以在出发点骑骡马上山。

登山杖和雨衣是必备的。如果没有登山杖,会走得非常非常辛苦,在这里体会了一把阴晴不定、瞬息万变的天气,一路上天气一会晴一会雨,有时候刚穿上雨衣天又晴了,就像是捉弄人一般。一路上要慢慢走,千万不要走快了,很容易缺氧,休息一段时间能调整过来就没事,越往上走,脑袋会有点晕。一路上的风景很美,尤其是太阳出来的时候,干净的蓝天白云、圣洁的雪山、青翠的植被,交相辉映,自是一派清新独特的景色。

深秋的时候,这里最美,遇见金黄色的稻城,洛绒牛场金装盛裹,风景怡人,而且红草地红得最是时候,青杨林也是金黄闪闪。我们九月前往,稻城亚丁的美仍然很是惊艳,只是稻城县的红草地还没红得鼎盛,青杨林还是绿色的。

冲谷寺在亚丁自然保护区内占据着最佳地理位置,位于仙乃日雪峰的脚下,站在冲谷寺前,头顶着蓝得近乎夸张的天空,脚踩着绿黄相间的草地,远处是千年不化的雪山,身后是沉睡万年的峡谷,冲古寺犹如天堂之门,感觉非常接近神的世界,在这里任何一个旅游者或摄影新手或许都能拍出近似专业水准的照片。1928 年,洛克先生来到日松贡布考察时,曾在该寺住了三天。洛克先生透过寺庙的小窗户,沿着峡谷,远眺月亮下宁静祥和的亚丁村,这就是希尔顿笔下的香格里拉中美丽的蓝月亮山谷的原形。如今冲古寺的宗教职能渐渐弱化,其内已无诵经传教的喇嘛,几近成为废弃的寺庙。但它仍在为保护和管理过往游客及周围的生态环境而艰难地生存下去。现在的环境真的让人难忘,我坐在断壁残垣上,正面对着的是美丽神圣的仙乃日,左侧则是俊秀的夏诺多吉。我在等待,等待仙乃日变成金黄色。

冲古寺就在那里,从她始建至今,一定是历经沧桑,会留下很多动人的故事和传说。沿着山路,慢慢往上走,苍翠的松树高大挺拔,阳光透过缝隙投射在林间,斑驳的阴影在一路的玛尼堆上投射。天很蓝很蓝,大朵大朵的白云在天空中漫无边际地游荡,悠闲自在。仙乃日雪峰在阳光下亮晃晃的,时隐时现。我真的感叹自己恍若来到仙境,蓝天白云绿树雪山无声的协调之美,的确令人感叹!

走走又开始下雨了,而且雷声隆隆,我真担心雨下太大,把路泡软了就不好走了,只有加快步伐往前走。闷着脑袋往前走,走走歇歇,雨变得有些大了。高原上的天气就这样,刚才还晴空万里,说雨就雨,说风就风。

远处的雪山就是仙乃日,是稻城三座神山中最高的一座。远看如观音菩萨端坐于莲花台上,巍峨壮观。在通往珍珠海的路旁,有个用石坝拦截而成的湖泊,在这个地方可以观赏仙乃日雪山。

顺着冲古草甸行走,是为了到达"珍珠海",乍一听这个名字,我会觉得珍珠海是一片像珍珠一样洁白透明的海。到达后才发现并不是这样的,甚至可以说与我设想的珍珠海完全不同。严格意义上说,珍珠海并不是海,只是一个很小的高原湖,颜色也并不是白色。走近珍珠海,映入眼帘的是一潭碧绿的水色,在阳光的映衬下发着幽幽的光芒。

珍珠海在藏语里被称为"卓玛拉措",是仙乃日的融雪形成的海子。密林中的珍珠海在碧波荡漾、波光粼粼中透出无限清丽,湖畔四周,苍翠如屏。那种永如春水浓绿的鲜艳,非亲眼见不能想象。丽日浓荫,侧影其上,雪山在她的怀抱里有了两种如同双生却各有风情的秀致。远处只觉绿意沁人,走近却觉得如同虚幻。珍珠海,宛如一颗晶莹剔透的绿宝石,镶嵌在洁白的雪山和丛林绿谷之间,在周围五颜六色树叶的衬托下,愈加显得璀璨欲滴。

下山的路上,碰到一只可爱的小松鼠在路间觅食,听了朋友的一番话,让我们笑破肚皮。他说,小时候看电视,动画片里面的松鼠都是红色的,以至于他相信现实中松鼠也是红色的,看到之后才发现不是啊。

稻城亚丁被誉为"水蓝色星球上最后一片净土",也许你会觉得这个评价有些夸张,但真正站在这里的时候,会觉得"净"这个字真是用得极其精准。

我们不断地朝着雪山的方向前进,越来越近,越来越近,近到似乎可以伸手就触摸到它。

站在雪山脚下,仰望着蓝天白云,不禁感叹,原来天可以蓝得这么透彻,透彻到不添加一丁点的杂质,云可以这样美,可以像棉花糖一样,让人想伸手摘下,却又不忍破坏。

而雪山似乎与这蓝天白云是一体的,在蓝天白云的映衬下,雪山显得更加的巍峨,在雪山的衬托下,蓝天白云更加美丽。面对如此美景,已经不想移开视线,不想挪动脚步,但前方还有美景,所以不能只停留在这一处,于是我们不情愿地移开视线继续赶路。

随着登山的步伐,风景也渐渐让人陶醉了起来,一路上不断有石片堆成的玛尼堆,很多石片上都刻有经文,不知它们从哪里来的,不知道它们是怎样上去的,也不知它们还会存在多久。四周的风景有小溪、树木,让人惊奇的是,树叶有绿的、浅黄绿的、黄的、褐色的。更神奇的是,有一种植物的叶子大部分是绿的,每枝顶端的四片叶子却是红色的,就好像每枝都开了一朵艳红的小花。听说在草甸上,富有春天色彩的是那些或淡黄或淡紫或紫色的小花,花朵很小,紧紧地贴着地面,不经意的话,无法注意到他们的存在。但仔细看,却又发现一片片到处都是,高原的环境造就了他们的默默无闻。

很奇怪牛奶海为什么叫牛奶海,也许是因其被一圈乳白色环绕而得名吧。牛奶海在央迈勇的山坳里,呈扇贝型,中间是碧蓝的雪水,那种蓝像蓝宝石一样晶莹炫美;蓝得沁人心脾,蓝得无比透彻。远看是一汪蓝色的海洋,可低头细看,水却清澈见底,真可谓是玲珑秀雅。这也许是得益于四周雪山的功劳,因为山止成瀑,才使得湖水清莹碧蓝吧。

从远处观望,牛奶海就似一块蓝宝石一样镶嵌在雪山中央,蓝白相间,与天上的蓝天白云相得益彰,就好似它们的倒影一样。这回是真的不想挪动脚步了,就想站在那里静静地看着,静静地感受这种美。

在神山面前,忽然感觉自己很渺小,觉得自己所烦恼的事情都不值得一提,一瞬间觉得心灵似乎得到了一次净化。

在山顶坐了很久很久,因为真的不想离去,不想下山,甚至想扎个帐篷在此露营。突然间觉得时间过得好快,觉得时间不够用。想着要下山了,除了因为眼前的美景,还因为这次一别,下次再来就不知道是何年何月,内心就有万般的不舍。

　　终究要下山,这是改变不了的结果,不自觉下山的脚步要比上山时慢了许多,因为有太多的不舍,所以连脚步也放慢了。

　　从山上下来不禁有些失落感,但好在亚丁处处是美景,随便一个抬头一个低头都不会让你失望。这里有充足的阳光、金黄的草地和纯净的湖水,牛羊在此嬉戏。一切都那么自然、和谐。

　　如果上帝有个失落的天堂,那一定是稻城亚丁的样子。这一路,我们遇见了蓝天白云,遇见了雪山溪流,遇见了草原,遇见了青杨林,遇见了可爱的藏族同胞。看着悠蓝的天幕下,沉稳的大山静静地伏在周围,绕城而流的河水散发着淡淡的寒气,橘红色的街灯折射出柔和的光,广场上辽远的歌声,心境真的被拉得好远,远离了所谓的俗尘,远离了所谓的烦闷。

　　山在林中,林在山中,山旁有湖,湖中有山;草原青青,树木幽幽;天湖一色,阳光普照。仙乃日、央迈勇、夏偌多吉三座神山与卓玛拉措湖构成无限美丽的自然景观。游走在这样的仙境就是仙人;游走在这样的山中就是智者;游走在这样的湖边就是仁者;游走在这样的草地就是乐者! 这怎不让人说她是香格里拉,人间天堂呢。可以借机欣赏到美丽的星空,也算是对我们旅途艰辛的一种补偿吧。抬头仰望星空的时候,多少有些震惊,不仅惊叹于星空的美丽,也在感叹身处钢筋水泥的城市中,我们已经很久没有见过这么明亮的星空了。

这一路走走停停，我们路过了全世界，直到有一天，我们路过了你，稻城亚丁，勾起了全世界的回忆。

遇见你，我们开始觉得，这个世界无比美好，晴时满树花开，雨天一湖涟漪，阳光席卷整个城市，微风穿越指间，沿途每条山路铺开的影子，绵延无边。

大 东 北

　　《山海经》曰:"东北海之外,大荒之中。"走吧,去东北看一看。可能和林先生对军事知识一直有浓厚兴趣有关,我俩对边境两岸的风光情有独钟,沿着东三省的边境线走走,到达神秘的森林、弯曲的界河,沐浴中国第一缕阳光,享受凉爽的夏天。经简单的准备,我们选择在充满变幻多样的 8 月出发,走东极到北极,一路沿鸭绿江、图们江、乌苏里江、黑龙江和额尔古纳河等五条国界河绕行,穿越长白山,小兴安岭和大兴安岭三条山脉,纵行呼伦贝尔和科尔沁两个大草原,行程 8100 公里,圆满地完成了祖国版图"鸡头"的环行,前往未知的远方。

　　中国东北,通指辽宁、吉林、黑龙江省和内蒙古的东北部,其幅员辽阔资源丰富,地理位置特殊,战略地位重要。地貌西、北和东面山环水绕,群峰荟萃,松涛激荡,中间的东北平原被誉为黑土地,是国家十分重要的产粮基地。气候四季分明,与朝鲜、俄罗斯和蒙古有几千公里长的边境线,风景秀美,民族团结,民俗浓郁,历史厚重,旅游资源别具一格。

一、草原森林

在中国的北方有一片神奇的土地,因为城区北部有一座赭红色山峰,所以命名赤峰。这里山峰、沙漠、草原、森林、温泉、冰雪、湖泊、冰臼、花岗岩石林、珍稀动植物、蒙古族风情、文物古迹一应俱全。它是兴隆洼文化发源地,因为8000年前就有兴隆洼人在此生活的"华夏第一村",它是契丹辽王朝的首都,辽代王朝因为雄霸北方而与南宋并立齐名;它是清朝在北方的名城重镇,气势恢宏的王府就是满蒙和亲联盟、巩固边疆的见证。

来到赤峰的加油站,一只螳螂爬到了油箱的上面,身子细长、四肢强健,却定在那里不动弹,或许加油站的空气和外面一样,它也能畅快呼吸、自由生存。赤峰的美不同于云南的风情文艺、西藏的咫尺天堂、北上广的繁华都市、厦门的小资情调。在赤峰,有最大远古人类聚落遗址,叫兴隆洼遗址;在赤峰,有条最美丽的草原公路,叫达达线;在赤峰,有亚洲最大的滑雪场,叫美林谷;在赤峰,有"大海一样的湖",叫达里湖;在赤峰,有条世界最窄的河流,叫耗来河,汉译"嗓子眼河";在赤峰,有个中国最大的军马场,叫红山军马场;在赤峰,有座中国现存体量最大的古塔,叫大明塔。不仅可以看到世界地质奇观——第四纪冰川造就的花岗岩石林和青山岩臼,还有越野爱好者酷爱的浑善达克沙地和西拉沐沦大峡谷,中国天鹅湖达里诺尔湖。

乌兰布统草原是欧式丘陵风格,山丘高低起伏,有白桦林,小型灌木,有沙丘地带,相比而言景色多样。草原上低头吃草的马儿悠然自得,乌兰布统草原位于克什克腾旗最南端,与河北围场县的塞罕坝林场隔河相望,距北京只有300多公里。乌兰布统是清朝木兰围场的一部分,因康熙皇帝在此指挥清军大战噶尔丹而著称于世,更以其迷人的欧式草原风光,成为中外闻名的影视外景基地。这里属丘陵与平原交错地带,森林和草原有机结合,既具有南方优雅秀丽的阴柔,又具有北方粗犷雄浑的阳刚,兼具南秀北雄之美。草甸子广阔,虽不是一望无际,但置身此地,我们必会感触到北朝民歌"天似穹庐,笼盖四野。天苍苍,野茫茫,风吹草低见牛羊"的意境,加上这里的地形富于变化,有草场,有湿地,有峡谷,有山丘。早晚太阳斜照,逆光将一道道山梁打出了高光轮廓线,明暗反差渲染了大环境的朦胧美,构成了一幅幅古希腊油画。

另外经过的一处草原是呼伦贝尔草原,位于大兴安岭以西,由呼伦湖、贝尔湖而得名。呼伦贝尔草原是世界最著名的三大草原之一,这里地域辽阔,风光旖旎,水草丰美,3000多条纵横交错的河流,500多个星罗棋布的湖泊,组成了一幅绚丽的画卷,一直延伸至松涛激荡的大兴安岭。当地31个少数民族,各具特色的风土人情,珍贵的历史文物古迹,令人回味无穷的地方风味,又为美丽富饶的呼伦贝尔增添了色彩。这里夏季气候宜人,空气净透,是避暑度假的胜地;冬季银装素裹,白雪遍野。历史上许多北方游牧民族都曾在此游牧,成长壮大,繁衍生息,每逢夏季牧民们便在这水草丰美的地方放牧,这里形成了以游牧部落为主体的美丽图画。蓝天白云、弯弯河水、茵茵绿草、群群牛羊、点点毡房、袅袅炊烟,呼伦贝尔成为少有的绿色净土和生灵的乐园。

茫茫无际的天然牧场,清新宁静。置身在美丽的大草原之中,令人心胸豁然开朗。绿色土地的人们献上洁白的哈达,敬上醇香的马奶酒,体验游牧文化,品尝烤全羊、手撕肉、奶食品,唱起迎宾蒙古歌,跳起欢快的民族舞蹈,回归大自然,充分享受天然氧吧。

告别万顷呼伦贝尔草原,踏上大兴安岭的千里林海,经过漫山遍野的油菜花、相伴两旁的野百合。黑龙江大兴安岭林区位于祖国的最北边陲。它西依呼伦贝尔大草原,东连绵延千里的小兴安岭,南达肥沃富庶的松嫩平原,北与俄罗斯联邦隔江相望,境内重峦叠嶂,林莽苍苍。

黑龙江南岸,嫩江以西称大兴安岭,嫩江以东称小兴安岭;黑龙江以北,位于俄罗斯境内的称外兴安岭,俄语称斯塔诺夫山脉。大、小兴安岭北起黑龙江岸,南抵松花江岸和西拉木伦河上游,为我国古老山地之一,古称"金阿林"。"金阿林"为通古斯满语、锡伯语和蒙语,意为"白色的山""山岭",是极冷的地方,后演变为兴安岭。其中,大兴安岭被誉为"绿色林海",小兴安岭素有"红松故乡"之称。

森林有着属于它独特的四季,大自然的画笔从不吝啬它的颜色,漫山遍野的油菜花,相伴两旁的野百合,森林里的野果实在是太多,野生蓝莓、草莓、红豆、蘑菇、山荆子、树莓、山刺玫、兴安茶藨等山野果。在市集上,售卖的蓝莓都是成桶装的,松果也用脸盆散装成堆。除了野果,这里还有很多可爱的野生动物,如驯鹿、野猪、梅花鹿、野生傻狍子等400多种,其中不少是珍稀动物。分岔路口还会树立牌子,几个红色大字颇为醒目:有驯鹿慢行。我幻想,在森林里面行走指不定还能碰到难得一见的小精灵。

二、江河湖泊

从额尔古纳河到根河再到漠河,从冷极村到北极村,路过的广告牌写着"唯一的污染是松香,最大的噪音是鸟鸣",一条界河如诉如歌,一座小城如诗如画。

漠河,中国最北端的边陲小镇。都说去漠河找不到北,是因为大兴安岭太大,自然就找不到北了。漠河的夏天十分短暂,但昼长夜短,夏季的漠河随着太阳直射北回归线,白昼渐渐被拉长,白昼最长时间可达19小时,因此有"不夜城"称号。作为中国的北极,这里有着别的地方体验不到的极昼现象。

去漠河最北的北极村,木刻楞的尖屋脊房,掩映在碧绿的樟子松林荫中,使人感受到异国风情,远眺河岸对面遥遥相望的俄罗斯村庄。每年夏至节前后,还有机会在北极村见到极光横空出世、流光溢彩,但概率比较低。一位当地人打趣道,小时候见到半个天空都是红的,很害怕,就钻到桌子底下躲着,还以为是苏联放的原子弹。我们并未有幸遇见,在这里感受最强烈的就是早午温差太大,漠河的热比较干燥、刺目,冬天最低温度又可以达到零下50多摄氏度。数不清的山路弯弯曲曲,这种起伏的路面被称为"弹壳路",在建的公路把许多转弯的道路取直,在高寒的山区里修路真不是一件简单的事。

北极村还有一种自然奇观可谓天下难寻,这就是冰雾。冰雾多出现在极寒冷的月份。一般在气温零下45摄氏度时出现,当地人常称为"冒白烟"。冰雾是高寒地区人们鉴定极端气温的一种标志。冰雾是一种大气物理现象,它出现的环境是在空气干冷、无风、天空无云条件下,一般清晨6点至7点出现,持续到中午11点才散去。

出现冰雾的时间一般是在每年12月10日至次年1月底这40天左右。出现冰雾时能见度极低,10米距离以外不见人影,开车更要格外小心。雾凇现象在漠河的冬初和春初经常出现,偶尔也在冬季出现。雾凇多在夜间形成,形成雾凇的第二天一般为温暖和晴朗天气,日出之后,出现雾凇时,各种植物和建筑物上沾满雾挂,北方人习惯称为树挂。真是大自然鬼斧神工,银装素裹的世界。

153层台阶上的北极星广场是漠河县的著名地标,在这儿能眺望到漠河县最繁华的街道,最顶上的星星代表的意思是漠河是祖国最北方的璀璨明星,下午、上午8点钟的时候天还泛着蓝,月牙都凑来抢镜了。

在北极村与俄罗斯相隔的就是黑龙江。站在江边,黑龙江从村边静静地流过,对岸俄罗斯的疆土山石草木历历在目,斜对岸是俄罗斯的一个林场。江里的游船,都是中国的;不像在黑河市,中俄都有。村里人在江里放置一串罐头瓶子,瓶口加了让鱼虾易进难出的橡胶盖,过一夜,就可以到江里收获江鳇鱼了。

说起黑龙江,还有一个关于它的传说。

很久以前,江里盘踞着一条白龙,经常兴风作浪,使江水泛滥,为害百姓。江边有户人家姓李,老两口膝下无儿无女,盼着有个孩子。有一年,妻子不觉怀了孕,十月怀胎,生下一个长有尾巴的儿子。父亲一看,认定是怪物,拿起菜刀就向孩子砍去。孩子一躲正好砍到尾巴上,将尾巴砍去了。孩子变成了秃尾巴,疼痛难忍,一溜烟跑出李家。孩子来到江边,遇上了一个孤独的老人,便与他同住。

渐渐地,孩子长大了,知道江边有白龙作怪的事,主动要求去降伏白龙。他告诉乡亲们,自己是条黑龙,当他同白龙战斗时,看到江中翻白浪花时就往江里扔石灰,翻黑浪花时就往江里扔馒头。经过几天几夜的苦战,黑龙终于战胜了白龙,从此村民过上了再无水患的太平日子。人们为了感谢黑龙,便将这条江叫作黑龙江。

大自然所赐予的美丽的风光、晴朗的天空、新鲜的空气会寻找到一种心灵愉悦与宁静。

旅行中,总有些城市让你记忆深刻,那里有动人的山水与风格迥异的建筑,处处体现着北方边疆独有的韵味。黑河就是这样一座城。

小兴安岭北麓黑河市,黑河口岸为国家一类口岸,位于黑龙江中方一侧的大黑河岛内,与俄罗斯远东第三大城市阿穆尔州——布拉戈维申斯克市对口贸易,一江两畔,东西方文化交融,黑河也因此称为中俄双子城。

黑河市有名,不仅是因国家一类口岸城市有关,而且还有五大连池火山地貌、瑷珲古城、锦河大峡谷等自然人文景观。

喜欢清晨的时光,好像在这个时候总是能遇见更多幸福的笑脸,向陌生的人递上一个微笑,不曾相识的人也能系上温馨的纽带。这儿是个早晨能散步遛狗,傍晚能看日落、撸串儿、跳广场舞的好地方。这一路,大家都说过这样一句话:"在这儿生活一辈子也挺好的",一直这样走走停停,也许某天就走到了归宿。

最难忘的记忆是船游镜泊湖。镜泊湖位于黑龙江东南部,距牡丹江市区 110 公里。它是大约一万年以前,火山爆发,玄武岩浆堵塞牡丹江道,而形成的熔岩堰塞湖,全湖为北湖、中湖和南湖,由西南至东北走向,蜿蜒曲折呈 S

型,湖岸多港湾,湖中大小岛屿星罗棋布,而湖中八大景犹如八颗光彩照人的明珠,镶嵌在这条飘在万绿丛中的绸带上。

镜泊湖瀑布位于黑龙江省宁安县内,瀑布宽约 40 米,雨量大时,幅宽可达 300 米,落差 20 米,它的水潭深 60 米。潭中可划船游玩,偶尔有跳水表演。

快艇两边依然激起浪花,但整个湖面看上去风平浪静,合拢来的远山坡势缓缓,碧绿叠翠,远山不断迎来送走。远远看见一座孤岛,四面悬崖峭壁,岛上绿树成荫,船夫不时介绍,这座叫白石粒子,那座叫珍珠门,一座连一座,形态各异,任凭你去想象。船夫提醒我们毛公山快到了,找好最佳角度观看、拍照。仔细一看,大背头、鼻眼眉都十分清晰,像极了毛主席横躺在青山绿水之间,天地悠悠,震撼人心。

千万年来,那深邃浩渺的湖水、温婉娴静的山峦,不断向来客讲述神秘的故事。

说起故事,就不得不提鸭绿江。

如今,耳边时常响起那首"雄赳赳气昂昂,跨过鸭绿江……"的抗美援朝《中国人民志愿军战歌》,一听到这激昂的雄壮曲调,就感觉浑身热血沸腾,心潮澎湃。当年我们的祖辈随着队伍,为了和平、为了朝鲜,为了保家卫国,坐在闷罐火车里穿过鸭绿江大桥前往朝鲜战场,我们志愿军战士不知道有多少血染或牺牲在朝鲜疆土,终于迫使侵略者在三八线的谈判桌上签了字。中朝人民唇齿相依，友谊天长地久，万古长青。

沿中朝边境线行进，左边就是流淌的鸭绿江，时而窄窄的，对岸近在咫尺，时而略宽，有运木排的排船飘过。来到丹东的鸭绿江边，江面宽阔了，看上去仍很平静，前面就是入海口了。一晃几十年过去，时代变迁，一江带水。站在鸭绿江边，眺望对岸，似曾熟悉的田野、村庄；踏上鸭绿江大铁桥，头顶飘着五星红旗，一直走到"断桥"尽头，想当年侵略者的狂轰滥炸，留下了战争的遗迹，让人们铭记那段不应忘记的历史。

逗留在鸭绿江畔，滨江路上游人如织。鸭绿江是中朝界河，中国边境城市丹东在鸭绿江西北侧，鸭绿江东南侧就是朝鲜边境城市新义州。一江之隔，看上去很近，朝鲜近在咫尺，似乎很熟悉，可又感到很陌生。对朝鲜的好奇心，很难因岁月流淌而随之淡漠。朝鲜被迷雾笼罩，呈现一种朦胧的状态。站在鸭绿江边看朝鲜，一种巨大的反差会让你唏嘘不已。尤其是夜幕降临，一边是灯火璀璨，流光溢彩，充满繁华和生机，人们无忧无虑地在街边跳舞、散步；一边是黯淡无光，漆黑一片，沉默寂静。此情此景，宛如隔世，不能不让人感到某种心灵的震撼。在鸭绿江边，有一座著名的鸭绿江大桥，也叫"中朝友谊桥"。这座大桥把朝鲜半岛与中国，乃至欧亚大陆连接起来。与这座大桥并列着的是当年被美国飞机炸断的鸭绿江"断桥"。"断桥"作为朝鲜战争的遗迹,今天成了一个旅游景点。站在两桥中间,你会联想到许多东西,曾经的断桥,依然矗立在鸭绿江中。今非昔比,地覆天翻,一个强盛的中国已经屹立在世界东方。

白鸽飞起,在空中稍作盘旋便飞向远方。再见,鸭绿江!再见,断桥!愿国复兴,和平永在。

三、火山石与长白山

五大连池是十四座星罗棋布火山群,是老黑山火山熔岩阻塞了古河道,形成了五个大小不一的堰塞湖,构成了奇特壮观的火山地貌景观,景区内随处可见大片的绳状、麻花状、木排状等各种熔岩地貌。景区门票分售,价格不等,因为午后三点之后不售门票,所以我们看到最被推荐的热门景点排着长队,就毅然选择前往人少的一个。

漫步木栈道,深入森林,这里长白落叶松和云杉居多,古树参天,遮阴蔽日,倾倒的大树、裸露的树根都布满苔藓地衣,尽显沧桑。这里是天然氧吧,加上雨后,空气格外清新清澈,深吸一口,沁人心脾。

走在蜿蜒的木栈道上,登上火山口可远眺景区全貌,欣赏温泉湖区的秀美风光,看到地上披满苔藓的树林,火山遗留的洼地形成浅滩和湖水,可见湖边绿叶葱葱,湖水中有斑斓的水草和水藓。

下山走另一条路,沿途观看各类地衣苔藓,和火山伴生植物。有些地方渐渐长出了绿色的地衣,山杨树矮小、弯弯曲曲,和我们常见过伟岸的大白杨无法相比,但这样的山杨树据说是火山喷发后长出的第一批植物,已有上百年的树龄,可以想象山杨的成长有多少可歌可泣的故事,它经过了多大磨难顽强生存,才有了今天的绿色和生机。它在我的眼里是那么的美丽和可爱,让人感慨大自然的力量,对自然更加敬畏。

下到山底是熔岩景观区,黑色的岩浆石碎粒静静地述说几百年前的故事。望着那无边的黑色石头,心中想象着火山喷发时的壮丽景象,自然的力量不可小觑! 可以看到几十万年前石啸山崩的地质遗迹,走在木栈道上,两边是黑乎乎的石海,还可见到因火山喷发和地震形成的许多石柱,它们或形若石兽或如塔似锥,有的好似倒塌的古城墙,甚至有城堡一样的高垒。

火山岩台地是火山喷发,岩浆在大地上流淌,冷却静止时形成的。沿庄稼地可以走进火山岩台地,近距离欣赏无与伦比的火山地貌。四处是火山喷发后留下的痕迹,满目疮痍,石头被烧成了像钢炭一样的多孔状黑色的,土地焦黑,大部分地方寸草不生,我捡了几块火山石装在行李包里,把这样的自然景象留在心底,也带回了家。

到了景区门口,一股香气飘来,林先生跑到景区工作站的侧门一瞧,原来是工作人员正在自制肉包子。一笼新出炉的包子正在冒着热气、烟雾弥漫,这上爬下跳没少消耗精力，这下可勾起了食欲，林先生想花钱买两个解解馋，景区的大姐却十分热情地塞给了他四五个，烫得林先生换手直吹气，可还是忍不住一口咬下去，我也迫不及待拿起一个，咬了一口，真香呀。

今天的包子特别好吃！

但不是每次都有这样的运气，在长白山的那个下午就只能吃泡面了。

长白山是满族的发祥地，在中国最早的一部地理学著作《山海经》将长白山称之为不咸山，清朝时满族人称之为"白山"或"白头山"，近代朝鲜半岛和日语中的汉字都以"白头山"称之，也有着"长相守，到白头"的美好寓意。

长白山是一座活火山，最近的喷发是在18世纪初，距今300年左右，火山目前处于休眠期，在海拔2000多米的山上，有多处温泉不断从地下溢出，这说明地下仍孕育着巨大的能量，它的苏醒或许只是时间问题。长白山分东西南北四大景区，北坡开发最成熟，游客接待量大；西坡是最漂亮的线路，看天池视野开阔；南坡风光最壮美，最晚开发也是最原始的线路，接待人数受限，但最近又封闭了；东坡在朝鲜境内，可戏水。

长白山天池位于长白山主峰火山锥体的顶部，是一座火山口，经过漫长的年代积水成湖。是中国最大的火山湖，也是世界上最深的高山湖泊，现为中国、朝鲜两国的界湖。天池平均水深300多米，蓄水量相当于两个北京密云水库,是松花江、图们江、鸭绿江的源头。长白山天气变化无常,高大的长白山火山体成为太平洋海洋气流和西伯利亚大陆气流的屏障,迫使两股气流上升并在火山口附近交汇,造成长白山的降水量和相对湿度都比山下高很多,所以很长一段时间,天池上空都是笼罩着迷雾,且久久不易散开。雨天、雪天、风大、雾大的日子长白山主峰都会关闭。另外天池的湖水温度终年较低,每年的9月就已开始下雪,封冻期也较长,从11月到次年6月中旬才开冰。因此有说,一年中只有50天,30%的人可以看到,人们称之为"长白来",想要看到天池,全凭运气。

进景区后,我们先是乘坐景区大巴到中心换乘站。这时小雨淅沥,到处烟雨蒙蒙,远山若隐若现。这样的天气,感觉天池八成是看不到了,于是按中心换乘站—温泉广场—长白山瀑布—小天池—绿渊潭—中心换乘站—长白山天池—地下森林的顺序游览。先乘车看瀑布,最后看天池,也许那时天放晴,云散去。

长白山是我国温泉分布比较集中的地区,属于高热、火山自溢温泉,方圆1000多平方米,有47个泉眼,水温平均在70摄氏度以上,最热泉眼可达82摄氏度,日涌热水总量6500吨。长白山天池四周奇峰环绕没有入口,在北侧天文峰与龙门峰之间却有一缺口,称U型门,又称阀门,池水由此缺口溢出,形成乘槎河。长白瀑布就位于乘槎河尽头,乘槎河流到距离1250米后,飞流直泻,便形成高达68

米的长白瀑布,是世界落差最大的火山湖瀑布,比黄果树瀑布还高2米。瀑布口有一巨石,名曰牛郎渡,将河水分为两股,猛然坠下,远眺如两条玉带,声如响雷,浪花四溅,水汽弥漫,壮观而又秀美。绿渊潭因潭水碧绿而得名,潭东有一瀑布,分三股飞流而下,坠时水花四溅,潭水微波荡漾,碧绿而清澈。

长白山的小巴,因盘旋的山路,司机娴熟而又剧烈的驾驶,让车内乘客坐秋千似的大幅摇摆而著称。到了海拔2500米处的天池,已被大雾笼罩。长白山天池被雾笼罩与这儿的地理位置和气候有关,南面渤海、黄海潮湿的暖气流与北面冷气流相遇极易形成大雾。在山顶等了3个多小时,吃了一碗泡面,冷风吹来,许多游客坐立不安,不时探出头看看有没有希望,一波又一波人群涌上山顶,已是日渐傍晚不见雾散,我们便挥手告别,留个念想下次再来。望着长白瀑布的水,汇集成涓涓溪流,沿山谷蜿蜒流淌,随心而动。

四、饮食文化

独有一方文化,孕育一座城的风情。从蒙餐到俄餐再到朝鲜菜、东北乱炖等,这一路上真是大饱口福。

抵达齐齐哈尔时已是傍晚,当地朋友带我们直奔久闻大名的烤肉。从五湖四海来到齐齐哈尔,在东北一年两次持久而亲切的风的问候下,不难感受隐在风里的一股香气，这是齐齐哈尔烤肉的味道。

一个烤锅，一盆拌肉，亲朋好友坐成一圈，大碗喝酒，大口吃肉。这种情景，相信许多鹤城人都亲身经历，且流连忘返。外地的客人来到鹤城，齐齐哈尔的烤肉，更是让他们看得眼花缭乱，吃得目瞪口呆。全世界的烤肉有很多种类，比如国内的内蒙古特色、新疆烤串，国外的土耳其烤肉、韩国烧烤等等。然而，齐齐哈尔烤肉，却以其独特的味道，以及"只有想不到，没有烤不了"的多样性风靡于世。

朋友说，齐齐哈尔百姓家家必备烤锅。锅分两部分，下面是盛炭火的炉子，上面是有眼的铁盖，肉就放在盖上烤。

世界大湿地，见证了这个城市的成长。在这个城市中西杂糅，包容开放的味觉历史中，有一种滋味出身质朴，却百年传承。在演变中不因各方冲击而消失，反倒越来越清晰强大。它奠定了这座城市的味觉之本。但齐齐哈尔烤肉是每一个齐齐哈尔人心头那抹不去的朱砂。烙在心头去不掉，这一点都不夸张。

因为这里天蓝水蓝云白草青，盛产鲜美的牛羊肉，齐齐哈尔人爱吃牛肉，不，是爱吃烤牛肉。锅里滋滋的肉那个香啊，几天不吃那个馋啊，满大街的烧烤店不说，齐齐哈尔老百姓在自家也烤，支个铁盘弄盆碳就开整。

齐齐哈尔有很多烤肉店，大多齐齐哈尔人家里都自备了烤肉器具，亲朋好友相聚最爱的就是一起吃烤肉。烤肉的主角就是牛肉,还有烤蔬菜、烤蛤蜊、烤地瓜、烤洋葱、烤鱿鱼。烧烤的调料有孜然、芝麻、红辣椒、花生面、黑胡椒、味精和盐。不同的蘸料可以自己选择。齐齐哈尔保留着东北本色,这里的人喜欢大碗喝酒大块吃肉,体现了齐齐哈尔的城市文化与齐齐哈尔人的个性,透露着率真与单纯,于是,这种吃法,才在齐齐哈尔找到了最好的土壤。

满洲里市是中俄蒙三国交界地带,俄蒙餐都有名。当地人向我们推荐了俄式西餐厅,名不虚传,食客如云,去迟了要等位。

"沙律、汤和面包,是俄罗斯人每顿必吃的东西",这是因为俄罗斯地区常年寒冷,这样会使俄罗斯西餐有两个特点:肉多、油厚。牛肉、鸡肉、鱼类出现频率高,所以就用各种各样的沙律来补充蔬菜的角色。腌黄瓜、西梅子、腌杂菌……成就了一碗碗酸酸甜甜的红菜汤,很是可口,其实俄罗斯人喜欢吃酸和他们喜欢喝伏特加有关,伏特加是具有代表性的俄国白酒,最大特点是晚上喝得越多,第二天早上越清醒。黑鱼子酱一向是俄罗斯特有的珍品,以前出国旅行的苏联旅客,行李中除了伏特加酒,一定还有几瓶黑鱼子酱,这些珍品可以为他们在国外换得一笔可观的当地货币。

在北京正宗的俄式餐厅有许多,比如我们常去的老莫、小白桦等,但是在满洲里吃俄餐感觉又不一样,初到满洲里,第一印象就是这里充满了异国情调。漫步在大街上,你会不时发现有着百年历史的木刻楞、石头房等俄式建筑与现代化建筑交相辉映,璀璨的东西方文化与城市完美地融为一体。套娃广场、俄罗斯艺术博物馆、欧式旅游观光婚礼宫、步行街、西餐厅,以及草原景区等等,在这里尽揽民俗风情、异域风情,营造出草原自然生态景观与俄式风格建筑景观相互辉映的理想风光、远古传统文明与现代科技文化、民族文化与异域风情交融的崭新画面。

延吉市位于吉林省东部,是中国唯一的朝鲜族自治州——延边的首府城市,是中国最大的朝鲜族聚集地。据说是因为这里地势低洼,人口聚集,市肆繁华,常有炊烟笼罩上空,因而被称为"烟集",后渐渐演变成了吉祥之意的谐音"延吉"。身临其地,孤陋寡闻的我才发现,这个城市山水环绕,风景秀美,土地肥沃,物产丰饶,确实独具特色。可能是鸭绿江的小支流吧,一条名叫布尔哈通的清澈的河穿城而过,为这个小城平添了灵气。市容干净整洁,建筑风格多样,政商招牌皆用中文和朝文书写。别具一格的朝鲜族餐馆是延吉市的一大特色,常常有游客慕名前来。

延边的饮食受朝鲜民族饮食的文化影响已经形成了自己独特的风俗,生活在这片土地上的汉民族也渐渐被朝鲜族饮食影响。朝鲜族喜欢食米饭,擅做米饭,配杂粮,一般细碎的玉米小碴子多,用水、用火都十分讲究,先将米淘洗干净,放置半个小时,等水浸透米粒,再下锅。做米饭用的铁焖锅,底深、收口、盖严,受热均匀,能焖住气儿,做出的米饭颗粒松软,金银相杂,饭味醇正。

　　这里有酱香浓郁、口味鲜辣的大酱汤,为佐酒、下饭佳肴。将色拉油、黄酱、辣椒末、味精、盐放入炒勺内煸炒后,加老汤炖开,石锅内放入鲜猪肉丝、鳕鱼、鲜蘑、马铃薯、粉丝、黄豆芽、白菜烧开后,卧鸡蛋加绿叶菜即可。这里也有采用猪肠、大米、糯米、鲜猪血经调味煮制而成的米肠,将糯米放到槽子里用木槌砸打制成的打糕。打糕一般有两种,一种是用糯米制作的白打糕,一种是用黄米制作而成的黄打糕。这里还有狗肉火锅,特色锅底,炖的是狗肉、狗杂、狗排骨,除了鲜就是辣。朋友说,可能是延吉太冷,因此狗肉大补还要加辣椒。一年四季吃,夏天吃最好,可以防治感冒。但是我因为个人口味确实接受不了这个特色,只能品尝泡菜、冷面、年糕、酱豆角茄子等其他风味,都是原汁原味的食材。冷面又叫高丽面,是把玉米面、高粱面掺上小麦面,压成面条,煮熟后捞出,用冷水反复冲浸后加牛肉汤或鸡肉汤,拌上佐料食用。朋友介绍,朝鲜族有正月初四中午吃冷面的习惯,说这一天吃了冷面,会保佑大人长寿,小孩平安,因而又名为长寿面。座中有位朝鲜族朋友说,冷面好坏关键在汤,有"七分汤,三分面"之说。中华饮食文华确是争奇斗艳,博大精深。

　　边境线的大山里,大众点评、美团这些软件就不管用了。中午时分,我们正好路过一个乡镇的地方,晚上镇子黑漆漆的,路边的一个饭店门口车辆不少,随即停车吃饭。

全是当地菜,榛蘑、土鸡、河鱼,味道鲜美,价钱也便宜。点菜时,朋友习惯性地问了句,是笨鸡吗?老板告诉我们,鸡是在山林里放养的,鱼是江里捞的,榛蘑是早上林里采摘的,全部天然,饲养成本太高,更划不来。我们就这样在无意中遇见农家菜,吃饱饭继续赶路,走走停停。

黑龙江中还盛产各种珍贵的冷水鱼,如哲罗、细鳞、重唇、鳇鱼等。用江水炖江鱼,其味鲜美,无与伦比,可以像当地渔民一样,体验用丝网挂鱼,江边垂钓,其乐无穷。如果是冬季,还可以在冰封的江面上凿开坚冰,用丝网从冰眼里捞出一条条鲜鱼,更增添了北国的情趣。

东北,一个五彩缤纷的世界。在这儿,你可以无忧无虑,也可以自由自在,还可以异想天开。这里的岁月似乎是静止的,山是那座山,水是那样的水,人依旧是那里的人,不会有疲倦,不会有忧伤,东北的四季各有魅力,总是美在其中,乐在其中。

福 建 记 忆

　　在写作的过程中,认识一位女性朋友,她来自福建泉州,雷氏畲族,从事机械加工的生意,留着干练的短发。盘、蓝、雷、钟四姓本是畲族的四大姓氏,但如今盘姓畲人却难觅踪影。这支能歌善舞的族群,祖先希冀自己的后代,男儿像瑞兽那样智勇双全,女儿像祥鸟那样蓊华秀逸。这个弱小而命运多舛的民族,至今还不足 80 万人口,她以单一的民族拥有自己正式的族称,时间只有短短的 61 年,她只有语言没有文字。畲族不像汉族和其他少数民族拥有浩渺的文字海洋,他们只能将无形的文字,用歌舞的形式驮在脊梁上蹁跹飞翔。

　　人类最早产生的艺术形式之一是歌唱和舞蹈,对应原始生活的需要,它出现在图腾崇拜的祭祀、祈神等领域,歌舞者和祭祀者借此求得与神灵的相通,通往天人合一的境界。这无形的文字,张开充满生命张力的翅膀,激情而热烈地飞舞,倾注着他们喜庆、哀伤的生动情感。

　　我国是一个多民族国家,除了汉族以外,还有许多其他少数民族,每个民族都有属于自己的特色文化,有文化没文字的民族我比较熟悉的还有苗族。工作原因去往贵州黔东南地区,当地的苗族姑娘很遗憾地跟我说,可惜苗族没有自身的文字。其实最开始,苗族也会在自己的服饰上和配饰上有所记号,但随着时间的推移与战乱,影响了文字的发展。目前,黔东南是苗族人口最集中、风情最浓郁、文化最典型、古村落最独特的地区。当地的苗族蜡染、古法造纸、锦鸡舞、贾理、苗年、服饰、芒筒芦笙祭祀乐舞七个项目已被国务院列为国家级非物质文化遗产保护名录,所以苗族文化传承的途径以及载体其实有非常多,除了文字以外典籍、传统服饰、传统节目、传统民歌抑或者是流传至今的历史文明古迹,都是文化传承的载体,苗族衣服上的刺绣图案、饰品上的图案等。另外,苗族还有非常多的传统美食,美食中富含独特的寓意。

人们陶醉在一个以歌以舞代言的民族,淳朴、开朗、好客的习俗风情。

其实说起福建人,受地理环境和人文因素的影响和制约,性格很难一言以蔽之,不同区域形成了不同的性格特点,闽北人安贫乐道,闽东人求稳怕乱,闽西人重宗内聚,而闽南人讲究"过番""出洋",到外面闯世界。"拼"和"赢"两个字,十分形象贴切地刻画了福建人的冒险精神,为了寻求出路,福建人自古以来就养成漂泊异乡的习惯,或北上考试做官或南下经商,福建人遍布世界各地,福建的海外华侨也很多,向国内外输送各类人才,以至在全国乃至世界各地都活跃着福建人的身影。他们的实干创出了晋江的"中国鞋都"、德化的"中国瓷都"、安溪的"中国茶都"、石狮的"中国服装之都"、南安的"中国建材之都"等。不仅那位畲族姑娘是当代新闽商的杰出代表，还有一位老同事也淋漓尽致地体现了勤劳务实、吃苦耐劳、敢拼敢闯的性格特征，给我留下了深刻的印象。

老同事是热情乐观的人，北京南锣鼓巷的一处福建菜馆是他家人运营，老同事邀请好友去那里吃饭的时候，会幽默地说有个词语叫"福来运转"，但是把好运气转走了，所以这道菜取名叫"福来运到"。可惜工作没多久，老同事便遭受晴天霹雳，被确诊为白血病。噩耗传来，我急忙到医院探望他，因为生病化疗他原本骨瘦如柴的身子更加弱不禁风，但是见到朋友们精神状态还是很好，往后的3年时间里，他备受煎熬、反复治疗，经历多次化疗和2次移植手术，不断地和病魔做斗争，直到后来回福建静养，两年多几乎没有他的消息。等朋友们再次听闻的时候老同事居然上了"热搜"，原因是他参加了晋江马拉松，虽然没有成为冠军，但是最后冲过终点也成为英雄。当时已经到了比赛的关门时间，没跑完的就要上收容车，然而老同事坚持完赛，收容车的裁判也下车陪他走完最后1公里，赛后才知道，老同事是正在康复的白血病患者，白血病患者不在马拉松比赛的禁止参赛范围内，甚至还有不止一个通过跑步使病情好转的案例，所以他的身体状况是可以参赛的。

老同事回忆当时的场景说,关门时间是 3 小时 10 分,最后自己的成绩是 3 小时 18 分,已经跑过最后的 2 公里线,还剩 1000 米就到终点,离成功只差最后 1 公里,所以自己不想放弃,就跟裁判说再给 10 分钟吧,然后就冲向终点。老同事的话语中透着内心的坚定和骨子里的坚强,老同事的不服输也感动了很多人,网友们纷纷为他加油打气。老同事还是笑着说,毕竟生命只有一次,不拼怎么行!

福建除了那里的人,还有那里的风景也常常赞叹不已、回味无穷。

有一句话说得好:"不到鼓浪屿,不算到厦门;不到日光岩,不算到鼓浪屿。"虽然鼓浪屿只是一个小岛,但是它的"身世"却不平凡。以前,鼓浪屿原是一个渺无人烟的绿洲,元末始有人迹,逐步形成半渔半耕的村落。岛的西南端有一个海蚀溶洞的礁石,每当海涛冲击,发声如擂鼓,礁因名"鼓浪石",流传至今成为胜景,岛也因之得名"鼓浪屿",并在明代得以正名。岛上海礁嶙峋,岸线逶迤,山峦叠翠,峰岩跌宕,大自然鬼斧神工造就了鼓浪屿明丽隽永的海岛风光。

因为是一座小岛,没有一辆车能到鼓浪屿,使这儿的行人不受汽车阻挡,岛上只有用于环岛游览的电瓶车自由自在地穿行在路中间。

鼓浪屿的街道都是青石板铺就的,青石板上都镌刻着一道道音符,在街上漫步仿佛踏着音乐的节拍步入音乐的殿堂。延平路是鼓浪屿最热闹的道路,每天拉着拉杆箱自由行上下岛的人,导游举着小旗带领旅游团行进的长队,三两结对树下休息乘凉的游客,始终充斥着这条道路,非常热闹。路边的凤凰木盛开,喜欢它鲜艳夺目的颜色,也惋惜它凋谢落地的花瓣。岛上的日光岩本叫晃岩,当年郑成功到这里来一看,"晃"字那不就是"日光"吗?所以就改名为"日光岩"。它所在的那条路至今仍叫"晃岩路",它不是一块岩石,而是鼓浪屿的最高峰,是一座山,可以环顾鼓浪屿的美景。来到钢琴博物馆,一入馆内,悠扬的琴声便飘然而至,风格各异的钢琴分别在两个馆陈列展览,有早期的四脚钢琴、可录音钢琴、转角钢琴……置身其中人们会被钢琴的魅力所征服。

　　岛上的小吃特别多,简直就是吃货的世界。奶茶、沙茶面、馅饼、鱼丸、麻糍、土笋冻等都挺好吃。小岛的环境和变幻的气候让其特别迷人,翠绿的芭蕉叶,风起之后,哗哗的响声让你感受不一样的风光。古榕树仿佛升入了天空,粗壮的树根几个人都抱不住。房屋的建造都体现出一种闽南风格,各种花香引来蝴蝶等小动物。岛上的居民大多都喜爱花草。房前屋后,到处是花红柳绿,流连于各个小巷,看各种风格的建筑,看低飞的燕子,看含笑低垂的三角梅在风中摇曳生姿,树叶摇碎了阳光,小猫们嬉戏追逐,感受迎面吹拂而来的带着咸味的风,看着上了年纪的老人在路边谈笑,一切都是那样的恬淡而悠闲,是那样地祥和而宁静,在这样的环境中生活,身心都会得到放松。

四处可见的三角梅刚柔并济,朴实无华,易于栽植,花色较多,可作盆景,广泛栽种和爱护市花,既可以绿化和美化厦门,又能较好地体现厦门的风貌、厦门人民的性格。自古以来梅是高洁傲骨的象征,"墙角数枝梅,凌寒独自开",说的就是梅花,不竞相争艳,不雍容华贵,只选择适合自己的时机安静盛开。而三角梅也带一个梅字,却恰恰没有梅的那些品性,虽然也叫梅,却偏偏要妖娆绽放,偏偏要以媚俗的姿势映入世人的眼帘,让人深刻牢记并且喜爱。而且你知道吗?所谓的三角梅,其实不是花,那些好看的一簇簇鲜亮的"花"竟然还只是叶子,那"花瓣"是一片特化的苞片,三角梅真正的花是被人们以为是"花蕊"的筒状花,所以三角梅又被称作光叶子花。

黄昏的余光照射在沙滩上,形成一种只属于鼓浪屿的浪漫,漫步其中,仿佛有种连时间也会放慢脚步的错觉,怎能不让人产生留恋之情。

游历一个城市,不仅仅在于领略其中的自然风景,更多的是去感受其蕴含着的深厚的文化底蕴和悠远历史,感受每一份遗留下来的景观背后的丰富和沉淀。

当太阳渐渐逼近西边的天空时,远处传来了游轮的马达声。走上游轮,恋恋不舍地望着渐渐远去的鼓浪屿。它越来越小,越来越模糊,直到消失在夕阳的余晖中。它成了我的脑海中一段抹不去的记忆。

寻 一 个 梦

　　我们决定去往西北环线的日子是四月。春暖花开的时节,在西北还飘着雪,风吹便朝着车窗舞动,雪覆盖在山上,似乎又回到几年前去川西藏区的景象,不同的是,川西的雪山都高大耸立,只可遥遥仰望,青海的雪山可以靠近,可以更近距离感受到它宽广无垠的气息。

　　对西北的了解源于也仅限于地理书上的知识:温带大陆性气候、深处内陆、气候干燥、日温差年温差大、植被稀疏、水土流失严重……也是祖国大好山河中最为美丽的一部分,青海湖、茶卡盐湖、敦煌莫高窟、雅丹地貌、祁连山等等,这些都是大家熟知的景点。

　　西北对于我来说很遥远,也很陌生,最终我们决定去亲眼看看它。

　　在西宁先填饱肚子,选择了一家特色餐馆,西北菜简单、粗犷,酸奶盛在古朴的裂纹碗里,表面一层微黄色的油,下面才是白色酸奶,厚厚的,稠稠的,像果冻更像豆腐脑。我们平时买的酸奶都是吸管喝的,看起来这里的酸奶不能喝,只能用勺子舀着吃。

出发前已经提前准备好红景天,虽然和川藏类似,但是总感觉大西北有他独特的神秘。

不经意间,一望无际的草原像一张巨大的绒毯,翻过群山,连接天边。一群群的牛羊、马儿分散其上,黑黑的一块像肥沃的土地;白白的一片像天空飘荡的云彩,清清的小河泛着荧光从草原蜿蜒流过。

现在的牧民已经不需要到处流浪,他们基本有了自己固定的住所,一道道铁丝网界起来的草原就是他们的牧场,藏族、蒙古族和维吾尔族的帐篷,形状迥异,颜色图案各有特色。他们在同一片天空下,在同一块草原上和谐而居。

我们先驱车前往青海湖,位于青海省西北部的青海湖盆地内,既是中国最大的内陆湖泊,也是中国最大的咸水湖。由祁连山的大通山、日月山与青海南山之间的断层陷落形成。青海湖,人们心中的圣湖,心灵的净化池,她的美丽令人向往,她的古老传说引人入胜,现如今又因为年度自行车赛事名扬世界。她曾无数次出现在你的梦里,你也曾无数次刻画过她的模样。当她突然出现在你面前,刹那间的猝不及防,你可能有点愣神,然后才是一见倾心抑或是心生黯然!

清晨的青海湖,少有车辆驶过,一切都那么寂静。湖水浩瀚,而贴近湖畔则是苍茫的草原,湖边海鸥三五成群、或排成一排略湖面而过,轻声鸣叫。极目远望,静静的湖水碧蓝,如一块温润的青色玉石。青青的湖水引领着多少人的向往? 风吹过,湖水哗哗响。层层的波浪涤荡着多少人的灵魂? 悠悠的白云飘向远方,飘向多少人的梦中? 生活在湖边的藏民叫它"错温波",蒙古族叫它"库库诺尔",含义都是"青色的海"。湖边没有人造景观和游艺项目,只有经幡和石头垒起的坛。

青海湖中成群的湟鱼游行,据说这种生活在青海湖中的鱼被当地百姓尊为神明,是一种神圣的鱼类,不可以随意捕食。每年5月份湟鱼洄游产卵也是当地一大景观。

越过橡皮山,我们进入了柴达木盆地。青草逐渐稀疏,一块块的地皮显露出来,我们即将进入戈壁滩。越走越近,白线变成白花花的一片,我想大概是茶卡盐湖快到了。

茶卡盐湖是柴达木盆地有名的天然结晶盐湖。盐粒晶大质纯,盐味醇香,是理想的食用盐但不可直接食用。因其盐晶中含有矿物质,使盐晶呈青黑色,故称"青盐"。古往今来,茶卡盐湖就因盛产"大青盐"而久负盛名。茶卡,就是藏语"盐池"的意思。

我们到天空之境茶卡盐湖的时候,正是多云天气,有微风,但光照很强,经幡在风中呼呼作响。在茶卡盐湖景区,天气对风景真的有非常大的影响。对于茶卡来说,最好的天气是晴天有云。天和云反射到湖面上才有天空之镜的感觉。进入盐湖中心有小火车和电瓶车,也可以选择步行,还可以坐游艇观光,看人工采盐,还可以去自己采盐。火车行驶得很慢,有足够的时间看风景,当然还有密密麻麻的人,最初想来青海就是被茶卡的纯净震撼到,翻阅了无数美照,真正置身于天地一片纯白之中的时候,还是很激动的。盐湖里面的盐结晶有点刺脚,但能忍受,水也浅,刚好淹没到脚背,虽然不太舒服,但我还是忍不住下盐湖里玩了一圈。这座盐湖一望无际,却只有二十几厘米深,就连湖中心的深度也不过膝盖。再看看湖四周,一座一座的高山拔地而起,清澈的湖水把它们高耸入云的身姿映了出来,形成"湖水与长天盐湖与雪峰同辉"壮美的青藏高原独特自然风光。

天边大朵的云低垂,像在天际行走,只是白色刺得眼睛睁不开。

从盐湖里出来,我们找了水冲洗,林先生忙忙碌碌,分别帮我和小宝清理干净以后再收拾自己。我和小宝坐在旁边的椅子上晒着太阳,强烈的阳光让人暖到心里。

还未曾感受完白日的温暖,我们就感受到夜晚的星光。

"姐姐,今夜我在德令哈,夜色笼罩;姐姐,我今夜只有戈壁。"据说因为海子的诗,"德令哈"这个名字变得浪漫而温暖。为了回报海子,小城也专门建了"海子诗歌陈列馆"。德令哈是蒙古语,意思是"广阔的金色世界",从茶卡到这里,我们在烈日下经过了茫茫戈壁。

经过许多路人拍照的公路,我们进入了沙漠区,林先生为了更接近一个沙丘,轮子陷入沙堆出不来。虽然和拖车救援公司联系,但是解决不了燃眉之急,恰好旁边的沙丘上还有一家老小在嬉戏,不远处停着一辆吉普车。林先生和吉普车的主人沟通了几句,主人拿出一根绳子,前后把两辆车绑在一起,然后打方向盘、踩油门、助力把车拉出沙堆。孩子们都围在四周目不转睛地看着,车子被"拯救"出来的时刻,小朋友们开心极了,蹦得沙土飞扬,但是大家似乎并不觉得弄脏了衣服,反而和这土地距离更近。

临行前,林先生从车子的后备箱取出两瓶氧气罐,拦住了吉普车的主人送给他们。他们说别客气别客气,互相帮助,林先生说,车上有老人孩子先预备着,吉普车主人便收下了。萍水相逢、助人为乐这种溢美之词大抵是在陌生的环境里才更加熠熠生辉吧。

我们继续前行,鸣沙山附近被开发出了很多游乐项目,既有骑马、骑骆驼、滑沙等适合小朋友的项目,也有彰显速度和激情的沙滩摩托和全地形车,还有射箭、沙滩排球等体育项目。

鸣沙山是位于敦煌市西南的沙漠,细沙堆积成山丘,绵延40公里,狂风起时,沙山会发出巨大的响声,轻风吹拂时,又似管弦丝竹,因而得名"鸣沙山"。蔚蓝色的天空像洗过一般的明净、深远,晴空烈日下,沙峰起伏,金光灿灿,像绸缎一样柔软,少女一样娴静。到了鸣沙山我们先坐骆驼,每个驼群都是成队列前行,小宝和林先生坐在同一只骆驼上,但是后面的骆驼总在往前蹿,无意中碰到小宝的腿,吓得她尖叫连连,我安抚小宝,她眼眶里泪水涟涟,甚是可怜。不一会儿,看到沙地四驱车,小宝又两眼放光了,坐了一圈高速旋转爬坡上下的沙滩车,终于把情绪调动起来,也勇于在盘地而坐的驼群中照相了。

见到了鸣沙山的沙子,才惊觉月牙泉水的洁净。

月牙泉与鸣沙山是一对孪生姐妹,高高的沙山中有一个形似月牙的小湖,由于地势原因,每当刮风时,就会出现一个奇怪的景象,沙子不往山下流动,反而从下往上流动,因此月牙泉永远都不会被沙子淹没,堪称沙漠奇观。

月牙泉有三宝四奇,三宝为铁背鱼、五色沙、七星草,相传铁背鱼和七星草一起吃可以长生不老,当然这也只是一个传说。四奇其一是指月牙泉的形状历经千百年,依然如旧没有任何变化。其二则是在恶劣的环境中的流水清澈如泉水。其三是指月牙泉虽然在沙山之下却不会被沙淹没,最后一奇则源于古潭中的鱼吃了可以长生不老的传说。

站在鸣沙山顶,我回首看着山下的月牙泉。她的美丽,完完全全呈现在我的眼前。弯弯的月牙泉如一轮新月,含着那一汪碧清的绿水,静静地沉睡在沙漠之中。泉水边,围绕着一圈圈水草和芦苇,在微风中轻轻摇曳,给它平添了几分生机与活力。泉旁还建了一些亭台楼阁,傍着泉水相映成趣。

月牙泉后面,屹立着两座巨大的沙山。右侧沙山上那条如山脊般漂亮的弧形,在落日暮光的映射下,突显出一种粗犷的线条美,显得很有艺术感染力。鸣沙山与月牙泉那独特的结合,让人惊叹于沙漠中的这一汪清泉,感受到沙漠、沙山不一样的风情。

夕阳下,黄色的沙山在阳光下微微泛着金色的光芒,大地也变成了黄色。天蓝蓝,地黄黄,颜色分明又和谐统一,张开双臂,闭上双眼,耳边只有风掠过细沙的声音。时间仿佛把一切凝固在刹那,我只想变成一粒细沙,一滴蔚蓝,置身于沙丘、融化在天际。

我们在附近找了一个农家吃晚饭,四处的散客都聚集在这里,月光铺洒在沙漠之上,我们一起围着篝火歌唱,气温逐渐下降,夜色还没完全退去,远处灯光点点,人声隐隐。

当我们继续前行,抵达张掖丹霞,前一天晚上阴天,不知道第二天是否会下雨,若是雨天就不作停留。果然,第二天早上被屋外哗啦啦的雨声吵醒,便舍弃了这个地点,传说中气势磅礴、场面壮观、造型奇特、色彩斑斓的丹霞色彩,瞬间平淡了很多。大自然的鬼斧神工,没有亲眼看见就无法诉说它的令人惊叹。

沿着祁连山一路向前,风超级大,车外的温度大概接近零摄氏度。打开车门,刺骨的寒风扑面而来。宙下车以迅雷不及掩耳盗铃之势拍了张照片,赶紧躲回车里。窗外,雪山、蓝天、寺庙、经幡,一切都美得让人惊叹。

经过岗什卡雪峰,海拔5254.5米,雪线高度北坡4200米,南坡4400米。山体主要由偏酸性石英角闪岩、片麻岩、斜长角岩、基性火山岩等组成,在构造上属北祁连山褶皱带。集现代冰川的壮观和完整的植被带为一体,是科学考察、登山探险和旅游观光的理想之地。峰顶有百万年冰川,积雪终年不化,气候瞬息万变,玄奥莫测,时而蓝天白云,银光熠熠,时而狂飙大作,天昏地暗,有时雪崩暴发,龙吟虎啸,飞雪漫卷,令人胆寒心惊。每当夕阳西下,晚霞轻飞,山顶晶莹白雪、熠熠闪光,时呈殷红淡紫、浅黛深蓝,犹如玉龙遨游花锦丛中,暮霭升腾。

去门源,最好的时间是7月中旬。

据说,门源的油菜花面积广、气势强,与川西平原和汉中的油菜花都不一样,油菜花从平地一直延伸到山上,立体感强。但是我们到来的季节还在下雪,没有到油菜花开的季节。

听朋友说,7月花开,目力所及的远处,在深蓝的飘着朵朵白云的天空下,大片的油菜花铺展在浩门河两岸,熠熠耀金,绵延近百公里。两侧是巍峨峥嵘的达坂山和祁连山呵护着这一片美艳的花海。更远处,是终年积雪的岗什卡雪峰,在太阳的照射下闪着银白的光。这是一幅自然天成的杰作,是刚与柔的结合,是豪放与婉约、雄浑与清丽、冷峻与明艳、霸气与柔婉的巧妙叠放和安排,是大自然呈现给世人的足以震撼人心的视觉盛宴。

我可以想象到花开时避开人群独自漫步在曲折的木栈道,倘徉在花海之中,满目是金黄的油菜花静静地开放,许多的蜜蜂穿梭在花株之间辛勤地采蜜,发出的嗡嗡声,更增添了花海的静谧。在无人处找一个长条椅子坐下,伸展双腿,闭上眼睛仰靠在条椅上,听着从花海中飘来的轻柔舒缓的音乐,吮吸着徐徐的凉风携来的油菜花的芬芳,感觉音乐与花香交融在一起,伴着淡淡的泥土的味道,清新淡雅而又沁人心脾。

这个季节避开世事纷杂,期待未来花开的一刻,静静地独享这难得的宁静与清闲。这种感觉,不也是一种人生的深刻体验吗?

如果用一种颜色来形容塔尔寺,那一定是红色,那是太阳与慈悲的颜色。转经筒和绵长的铜铃声,喧嚷中的安静,深邃到灵魂里。

先有塔,而后有寺,故名塔尔寺。塔尔寺是中国西北地区藏传佛教的活动中心,创建于明代。各种大经堂、宫殿、佛堂组成错落有致、汉藏艺术风格相结合的建筑群。塔尔寺是藏传佛教格鲁派开创人宗喀巴的诞生地。

阴雨天仿佛更适合塔尔寺,建筑群隐藏在云里雾里,若隐若现。

　　人们都说来塔尔寺要看艺术三绝:酥油花、壁画与堆绣。塔尔寺的壁画遍布于内殿高大的墙壁上,重彩工笔,描绘精致,富有装饰效果和浓厚的印、藏风格。这些绘画每隔一定时间就加以刷新添色。所以,游人观看时依然鲜艳,清晰醒目。

　　堆绣艺术以绣佛像为主。她起源于刺绣,又和刺绣的用料和工艺不同。她是用精湛的手工技艺,将各种绸缎剪成所需的各种形状,塞以羊毛或棉花之类的填充物,再精心地绣在布幔上,按照人物不同形象、姿态、动作,堆绣成高低起伏,富有强烈的立体感、真实感的画面。该寺大经堂内悬挂的堆绣"十八罗汉"珍品,据传结合了全藏防腐等技术之大成,是塔尔寺艺僧们巧夺天工的艺术杰作,虽历经 400 多年的沧桑变迁,仍然完好如初,堪称奇迹。

　　酥油花最早产生于西藏本教,是施食供品上的小小贴花。按印度传统的佛教习俗,供奉佛和菩萨的贡品有六色,即花、涂香、圣水、瓦香、果品和佛灯,可当时天寒草枯没有鲜花,只好用酥油塑花献佛,由此形成艺术传统。

　　艺术三绝或许很多人不太了解,但那些属于藏区特有的印记,总在不经意间冲撞进瞳孔,留下穿透灵魂的笃定。

　　早春的青海还夹裹着高原迟迟不去的凛冽,不像首都北京与南方,早已迫不及待地姹紫嫣红了全城。古刹清冷的空气里氤氲着浓郁的香火味道,赤膊穿着长袍的虔诚藏民匍匐在大殿外,一下一下磕着长头,把古旧的木地板也摩擦得锃亮,宛若镜面。信仰的力量,大抵都是这样跨越国度超越种族的坚定,不论宗教,不论老幼。打从心底钦佩有信仰的虔诚之人,他们心中有股强大的精神力量支撑着,无所畏惧。

当地藏民不惜巨资居住于寺庙之中,每日于大殿之中潜心参拜佛祖,虔诚之至。站在大殿一角,看着善男信女不断重复这跪拜叩首的动作,我不禁想问,他们怀揣着的期盼家人安康的美好愿望,是否都已如愿。经院里有很多在磕等身长头的人,他们带着全部家当在寺庙周围吃住,钱用光了就回去挣,挣够了来继续磕,总共要磕满 10 万个。在喧闹的人流中,与这些虔诚的眼神碰撞,会惊觉信仰的力量是多么伟大。

藏民相信,转经筒每转过一圈,就如颂过一遍经文。那年复一年掌心摩擦过的印记,将铜衣的颜色也抹成了赤红。

小花寺的院子里有一棵古老的菩提树,树叶茂盛、浓荫蔽日,环境清洁而优雅,当地的藏民说,塔尔寺最珍贵的圣物,便是世间第二佛陀宗喀巴大师诞生的十善处。因剪脐带时殷红甘露滴入土壤,生长出一株白旃檀树(菩提树)。其树干枝繁叶茂,叶上显现狮子吼佛像及文殊七字心咒。一如所有宗教故事的开端,宗喀巴与塔尔寺之间也有着一段近乎神秘的传说。在寺内,可听得种种神奇的传说:关于宗喀巴的诞生,关于宗喀巴为求真经远游不归,关于宗喀巴母亲深念其子,关于寺内菩提树的灵异,十万片叶子,十万个佛像……据称,有佛缘的虔诚信徒,方才能看到叶上的佛像与经文。塔尔寺,法名称"衮本",意为十万狮子吼佛像的弥勒寺,十万佛像之意思。这个名即与这棵菩提树有关,所以信佛之人前来,须叩拜十万个长头,才算是功德圆满。

信徒们将那棵白旃檀树(菩提树)胎藏,以纯银作底修建了莲聚塔,表层尽镀黄金,镶嵌玛瑙、翡翠、象牙各类珍宝。其后,又在塔身处建造了寺院大殿。形成"塔包树,寺包塔"之奇观。这便是塔尔寺的雏形,也是塔尔寺的法流渊源。

那棵"十万佛像"菩提树,已年代久远,封在塔间几百年不曾见着阳光,却欣然地存活着。后人倚着树的生长,将塔身随之而逐渐加高,现已达12.5米。

时至今日,它仍是不断繁衍生长,根茎四方延伸,如身之四肢的展开。在殿外院内,又长出树根连在一起的一株青翠葱郁的菩提。

1992~1996年维修大金瓦殿,人们亲眼看见了从大金瓦殿向外延伸着的菩提树根部。

曾有阿卡告诉我,在夏天接近8月之时,这棵树常会绽放极其美丽的红花。西藏和蒙古许多喇嘛寺,都试图种其籽,栽其枝,却全无此效果。

一棵树,竟也举世无双。

每至盛夏,院内的菩提,浓荫遮日,枝繁叶茂,郁郁葱葱;遇有花开,馥香四溢,令人沉醉。

菩提叶落,喇嘛们会将叶子片片拾起珍藏。即使在落叶季节,香客们用尽心力,地上也寻不到一片菩提树叶。而菩提树上生长着的一枝一叶,却是万不可触碰的。

信徒们深信,菩提树枝叶是佛的信物,会受到佛的佑护和祝福。

我到塔尔寺,必是要在那菩提树下,徘徊良久。虽然,那树与普通菩提树并无所异。

那日晚归,遥看神山下塔尔寺,烛灯通明,桑烟青青,幡旗拂动,法号低沉;长夜寒风,吹皱远途朝圣者的衣衫。心由感着,拥有信仰,比青稞酒更甜美的雪水,终将会流入虔诚者心间。

回想起那3000多公里的日日夜夜,我们翻过高山,穿过盆地,我们一起等待黎明,一起守候日落,我们经历了春夏秋冬四季,我们体会了风雨后的彩虹。那山,那水,那高山上飘荡的经幡,那在头顶上恣意游走的白云,那浓浓的藏民风情,无不一一在脑海浮现。

山　水　间

　　说到广西柳州,不能不想到唐代文人柳宗元。做官的柳宗元因政治斗争失败被贬至柳州,任柳州刺史。那时柳州还被称为蛮夷之地。现在想想那个久远年代的蛮夷之地,现在都成了旅行者的首选之地。这样一座有山有水有美食的城市,也是我国西南地区的工业重地,以一碗螺蛳粉闻达江湖。亲身体会过柳州味道之后,才明白柳州绝不止一碗螺蛳粉那么简单,美食遍地,有山而名,有水而灵,现代与传统错落交织,往往穿过一个桥洞就仿佛穿越了几十年的光景,它独特于我走过的任何一座其他城市。

　　柳州的粉分很多种,螺蛳汤粉、干捞螺蛳粉、干捞粉、桂林米粉、老友粉、卷粉等。干捞螺蛳粉和干捞粉不是一种粉,桂林米粉是鲜粉、柳州螺蛳粉是干粉,各种粉让人傻傻分不清楚。相比于网上售卖的螺蛳粉,当地螺蛳粉味道要更加浓郁,超级大份,熬制的螺蛳汤底鲜味十足,酥脆的炸腐竹,还有爽滑的酸笋、木耳,再来一些豆腐泡、青菜,简直超级满足。虽然闻起来臭,但是吃起来非常香,还会越吃越上瘾。

　　螺蛳粉特有的品质在于它的色、香、味。雪白的米粉、翠绿的蔬菜、金黄的腐竹、淡黄的酸笋、黝黑的木耳、褐红的花生、红亮的辣椒油，真是五彩缤纷，十分养眼。要说一碗正宗的螺蛳粉，整个工序，整锅汤底都是非常讲究的，用上好的田螺、猪筒骨，再加上香料，用文火慢慢熬制而成。期间的火候控制，工序安排，都是精心得出。

　　柳州的美食可以用"酸、甜、辣、香、脆"概括。坛子中腌制的柳州酸到处可见，还有直击灵魂的柳州甜，不同于广东的糖水的"细腻"、港式甜品的"精致"，广西糖水讲究的便是"滋润"。品尝地道的柳州美食，除了一碗美味的米粉，别忘了再来一碗甘甜的糖水。冰糖酸，街头巷尾到处都是，酸甜汁大罐子腌上各种蔬菜水果，清爽解腻。柳州的甜品习惯于用红糖汁炖一切，豆花浇红糖汁、红糖汁炖木薯、红糖汁炖玉米粒，再次验证了西南地区红糖蘸一切都好吃的观点。

　　来到柳州的街头，当然得逛一逛当地的土特产店啦。酒足饭饱之后，我们便来到店铺内，桌子上摆满了雪白的柳城云片糕，看着十分诱人。据店员介绍，云片糕是柳城的特产，最好的出自凤山镇，从清代乾隆年间算起，已有200多年的历史。一片一片撕开不断，看似原料简单，但是工艺极其复杂，而且很费时间。但是吃起来非常香甜，拿到手里柔软且有黏性，区别于灯芯糕。云片糕吃到嘴里细腻香甜,还有一股桂花的清香。

片薄如纸,色白如雪,作为柳城当地的特产美食,在听当地人介绍的过程中,很明显感受他们浓浓的情感与期望。提起云片糕,他们话语中便充满了自豪感,于是我们便购买了几盒。

三江的打油茶是热情好客的侗族人招待远道而来的游客的欢迎仪式之一。打油茶就是用老茶叶来炒,首先将粳米放入锅中煸炒,然后再均匀地放在一个个小碗中,最后便用水煮出茶水来,倒入碗中,便可以品尝。油茶味道微苦,略带有一丝丝茶叶的香味。据了解,油茶有御寒的功效,这大概与当地居住的高寒山区的气候有很大关系吧。一群人围坐在火炉旁,不管认识还是不认识,在这热闹的氛围之中,都能敞开心扉地畅聊趣事。

对于吃货来说,最热闹的便是当地的夜市。月色下,米粉、烧烤等各种诱人的美食小吃,往往沉淀着这座城无数人的记忆。而在柳州,不仅有吃不完的粉,而且还有吃不完的地道夜市美食。隐逸在街巷的美食数不胜数,百步之内必有粉店,其中便穿插着各种柳州小吃或者小摊小贩。

螺蛳鸭脚煲,消夜的不二选择。螺蛳鲜汤炖上芋头块炸豆腐酸笋和鸭脚。柳州的鸭脚独具特色,用油把皮炸泡了再卤制,吸满了汤汁,搭配螺蛳煲螺蛳粉的绝配,每顿都得啃两只。刷酱类的烤串,酱汁甜丝丝,既刷酱又撒孜然辣椒,风味独特,值得一尝。

柳州就在柳江边上,最出名的莫过于它的夜景,饭后在江边散步,景色也值得欣赏。柳江犹如一条玉带以"U"的形状将柳州大部分的主要城区环绕了起来,不仅有两岸建筑的灯光,也有山,有亭,有庙,有人工瀑布,有各具特色的桥梁;天完全黑下来了,还有游船。据说,目前柳州夜景美丽度排名世界第五,纽约第四,上海第三,巴黎第二,拉斯维加斯第一。如果你去柳州,你不过夜或者过夜你不出去逛逛柳州的夜景,那么你就不算到过柳州。柳州,已经被打造成一座来了就不想走的生态之城、和谐之城、民俗休闲之城、山水工业名城、现代宜居之城。

柳州我曾去过三次,第一次是 2014 年,第二次是 2017年,第三次是 2018 年。这座城市承载了我很多的梦想与现实。

印象最深的当属每次都去的龙潭公园。

柳州属于喀斯特地貌,多山多水,块状山此起彼伏,隔个几百米就一座山峰,每座山峰都被圈起来成为一个免费的小公园。龙潭公园位于柳州市区南部,有山有水,仿佛"小桂林"。但要是在桂林不收门票都对不起这个景色,然而在柳州是不要门票的。如果说,在柳侯公园看历史看古迹,那么到了龙潭公园就是看自然山水,看民俗风情。龙潭公园也称龙潭风景区,这里的天然景色与广西的少数民族风情特色融为一体,壮乡、瑶山、苗岭、侗寨等少数民族风景村寨散落在绿树丛中,山水之间。玩转于龙潭景区就真正领悟到了山美,水美,人更美的含义。

这里,处处都是美景,所以也就成了绘画爱好者锁定的地点。这里有游乐场、水上球和游船,还有草坪上俏皮的鸽群、潭中多动的鱼儿,一家老小也喜欢这里。传说这里的树都是自然形成的,自从盘古开天地那时起,就已经在那里了。这个传说是真的吗?每次去我都会不停地摸摸这棵树,抱抱那棵树,心里满是好奇。

进门走几百米就到了镜湖,中间最高的山石是桥顶山,山顶石头上插着红旗,右边的山顶有一个凉亭,有石阶梯上到那里。不久就来到风雨桥,风雨桥是集阁、桥为一体的别具特色的建筑,散落在侗族村寨之中。龙潭公园风雨桥全长 102 米,七墩六孔,建筑面积 500 平方米,是以广西三江侗族自治县著名的程阳桥为蓝本设计建造而成的钢筋混凝土仿木结构桥。风雨桥横跨在清清的河面上,精美而独特。

龙潭公园林木苍翠、群山环抱,自成屏障,卧虎山、美女峰、孔雀山等二十四峰形态各异,耸立于一湖(镜湖)二潭(龙潭、雷潭)四谷地之间。雷山绝壁下涌出一泓清泉在雷、龙二山间汇成"龙潭"古称"雷塘",咫尺相隔的"雷潭"经地下河与之相潜通。清澈的潭水经"八龙喷雪坝"泻入镜湖后蜿蜒如游龙穿园而过,注入园外蓬花山下的溶洞里,消失得无影无踪。

每逢隆冬，水汽蒸腾，烟雾缭绕，故称双潭烟雨。雷、龙二山夹水相峙，相传雷、龙二神在此司掌雷雨，世称龙雷胜境。又因崖壁有明代兵部右侍郎，柳州八贤之一的张羽中的摩崖石刻诗"山下清泉出，林间百发来。寒云如可卧，不必问蓬莱"，"龙潭胜境"仿佛蓬莱仙境。

第三次前往龙潭公园的时候，结伴了一群友人，其中一位是一个豪情万丈的老大哥，来自承德赛罕坝，有着草原汉子的爽朗性格。老大哥为人直爽，天性乐观，一直邀请我们去他家做客，还夸赞妻子的手艺，他要好好招待我们这些朋友。一两个月后，这个约定还未实现，就听闻老大哥在家中猝然离世的消息，瞬间惊觉，这大概是我在年盛之时，第一次感受到生命的无常与萍水相逢的惋惜。而龙潭公园似乎还是停留在一群友人结伴而行的夏天，那个夏天告知了我们许多的思悟与哲理。

旅游，是人们喜欢的字眼，它可以使你中断每天周而复始的凡人琐事，对平凡俗气的生活是一种暂时的解脱。旅游观光，领略山山水水，感受每一处风土人情，不仅陶冶情操，增长见闻，还能修身养性，解悟释惑。

在广西还有一处令我印象最深、流连忘返的地方就是德天瀑布。

广西崇左市大新县硕龙乡德天村，这里是处于中国与越南边界的德天跨国大瀑布景区，是广西的著名景点之一。德天瀑布是亚洲第一、世界第四的大瀑布，与邻国的越南板约瀑布遥相呼应。从远处看,德天瀑布的景色优美、气势磅礴、雄伟壮观。而到了近处一看,更是像在童话里的仙境一般,从瀑布上飞流直下的成千上万滴小水滴犹如一个个可爱的小精灵飞奔着赶去约会。再走近一些,透过薄薄的水雾,有几道彩虹隐隐约约地展现在眼前,美丽极了!

瀑布气势磅礴,一波三折,层层跌落,水势激荡,声闻数里,特殊的地形造就了三级瀑布,中间一级最壮观,它起源于广西靖西,流入越南后又流回广西,经过大新时在断悬崖处跌落形成瀑布,它的平均水流量为贵州黄果树瀑布的三倍。

瀑布的水流下来形成了一条河——归春河。河里的水是碧绿的,仿佛一大块没有瑕疵的碧玉。附近的青山、绿树、花朵、蓝天、白云全都倒映在湖面上,似乎湖面是一个大大的聚宝盆,而其实归春河就是中越两国的界河,左边是越南,右边是中国。有人说,不去德天很遗憾,去了德天不遗憾。瀑布河水时急时缓,时分时合,迂回曲折于参天古木间,更有花草掩映,百鸟低回。远看德天瀑布像一幅画卷,画中数条大小不同的瀑布为主线,一条清清猗旎的国界河——归春河为衬托,展现山水自然风光美。画中环绕瀑布的绿树鲜花,青山果树彰显了与越南邻国和睦之情。看到自然景色与人文精神搭配得惟妙惟肖的画卷,游客们哪有丝毫遗憾。

　　一路沿归春河而上,河水清澈,河对面就是越南,河中有多座半截栈桥从对岸搭过来,跨过三分之二河面,据开车的师傅说这是越南边民用来搬运走私货的通道,可以看到对岸公路上停着一些货柜车。紧挨德天瀑布的左边还有一个瀑布,是越南的板约瀑布。远远看去两个瀑布连为一体,着实壮观。

　　德天瀑布宽208米,落差高60多米,巨大的水雾使人无法靠近。德天的特点是瀑布群,瀑布分三阶,每阶有多个小瀑布,紧挨一起,相互交错,形成一个壮观的大瀑布群。

　　沿着阶梯小路下到河边,河边有竹筏,可以载到瀑布边上近距离观赏,一只竹筏可以坐十几个人。坐上竹筏来到瀑布边,水雾漫天,湿润了头发衣服,想拍几张照片,手机镜头上全是水珠。无论是瀑布的水势、形态、水量、宽度、落差等,德天瀑布都要比板约瀑布气势更磅礴、蔚为壮观。整个大瀑布全宽达到208米,被界定为亚洲第一跨国瀑布。瀑布虽宽,但落差可没有通灵大瀑布那么大。

　　河对面是越南人经营的竹筏,有几个欧洲人在越南人的竹筏上,同一条河上,同是竹筏,不同的是越南是人工撑船,中国是机动船,归春河是中越界河,对岸河边停着不少越南船只,时有越南船只划过来,但卖的东西多是越南的土特产,划着小竹排向游客兜售咖啡香烟之类的东西,也不见有人加以驱赶,可见两岸的往来并没有人们所想的那么严格管控。

下了竹筏,沿石阶往瀑布顶部攀登,十几分钟到达顶部。这里立有 53 号界碑,石碑为清政府于公元 1896 年所立,位于德天瀑布旁德天山庄主峰以下,是用来划定中国广西和越南之国界。界碑为青石,高不足 2 米,碑面凹凸不平,破损严重,两侧各缺一豁口,碑面向着越南,碑后为中国,上面写着"中国广西界",下附法文,背面写着"Viet-nam"(越南),历史上的正式称谓为"中国广西安南第五十三号界碑"。据说,当年清政府派两名士卒去立碑,当时人迹罕至,两人背到这儿,实在背不动了,就随便将界碑立在这儿,从此,53 号界碑便成了两国的争议之地。其实,这块界碑是时任云贵总督的岑毓英奉清政府之命,根据"中法天津条约",经过 3 年的勘界后所立。

紧挨着 53 号界碑的越南一侧,有一个集贸市场,在摊位上做生意的都是越南人,卖些旅游产品,做中国游客生意。水泥地取代了以前的烂泥地,据说地面还是中国方面浇筑的。里面有越南的土特产,各种手工艺制品,越南香烟,所用的是人民币,人来人往,都是中国游客,人声嘈杂,生意还是挺兴隆的。我爬上路边的一块岩石,站在高处放眼望去,远处崇山峻岭,脚下灌木丛林,不远处有越南的碉堡岗楼。

离开德天景区,朋友向我们指出这样一个自然现象,这里的山头,靠中国一方的各个山头各自向中国倾斜,靠越南一方的各个山头各自向越南方向倾斜。朋友说,当地人把它们叫作"爱国山",这确实是两国区分的明显标志。

随后我们前往明仕田园,明仕田园风光,属于广西崇左大新县堪圩乡明仕村,距离大新县县城 53 公里,为国家一级景点,方圆 20 公里的景区山清水秀,山环水绕,是著名的"壮乡"。明仕本是一个村名,因为那里山清水秀,一派田园风光,故称明仕田园。

明仕河发源于越南,从念斗屯流经大新县的谨汤、明仕、堪圩、芦山、后益等,至雷平镇的科度屯对面与黑水河汇合,全长 44.13 公里。明仕田园风光集中在明仕至拔浪一带。

我们到了山庄稍作休息,就去乘坐竹排了。坐竹排游览明仕河,品尝当地的苦丁茶,欣赏河两边的美景,喜不自禁。

风景区河段长约 8 公里。我们乘坐了竹排船,每只小船上配有一位男的船员负责撑篙,一位女的当讲解员。从他们的自我介绍中可以知道他们都是壮族人,是当地明仕村的人。船的中间设一长桌,放有橘子和花生,每人还给泡了一杯茶,这些都是供游客享用的,当然这些都是包含在门票里面的。船儿开始乘流而下,壮族妹子为我们唱起了壮族的迎客歌,大家边喝茶,边饱览两岸迷人的景色。在这里会看到典型的各种喀斯特峰林景观,看到凤尾萧萧,龙吟嘀嘀的碧江竹影;看到古风淳厚的壮族村落;看到威武的将军山,灵秀的通天洞,奇特的万乳崖,还有那天然生成的崖壁画。

我们乘坐的竹排船在河面上缓缓驶过,正对着我们的三座山峰呈现出一个"山"字形状,倒映在清澈的河水里仍然是一个"山"字。河光山色在不断地变换着,旁边的山峰呈现不同的形状,有的像大猩猩,龇牙咧嘴笑;有的像猴子望月,仰着头;有的像火箭筒,静候待发。绿竹高耸,讲解员问我们,这竹竿顶上黑色的是什么窝?我们都说是鸟窝,具体的是什么鸟,说法就不一了,但想不到,我们的答案都是错误的,这高达丈外的竹梢上竟然是蚂蚁窝,这也真正令人开眼界了。靠村庄的河滩石级上传来了壮族青年男女的对唱歌声,歌声在河上飘荡,我们被充满壮家风情的歌声吸引过去。

明仕田园的山水之间触目所及皆是绿色,山是绿的,树是绿的,竹子是绿的,农作物是绿的,在山峰点缀下的绿色之间,静静地流淌着的弯弯曲曲的清清小河,仿佛是翡翠的碧玉,清澈的河水中,缓缓飘动柔美的水草,鱼儿自由自在的徜徉在水中,几只鸭子游过,泛起无数的涟漪,打碎了山峰宁静的倒影并扩散到岸边。

明仕田园的山总是傍着水,水总是环绕着山,山总是点缀着水,水总是倒映着山。有人放言,在明仕田园,没有真正的摄影家,因为随便一拍,皆是风光迤逦的水墨山水,在竹船上拍摄周围的景色更是如此。

　　传说,很久很久以前,南海有一条妖龙,因羡慕桂林山水的美景,便变作人形到桂林游览,返回时,它施了妖法,将桂林的一段迷人山水缩小,藏入袋中,随后乘云而归,欲带回南海。谁知他的这一举动,被玉皇大帝知道了,玉皇大帝便派出雷公,用大斧将妖龙劈死后,他口袋里的那段山水便掉下来,刚好落在明仕地面上,所以明仕的景色和桂林一样美。

　　上得岸来,是影视基地,许多热播的影视作品外景拍摄都在此地选景,国家邮政局首次公开发行《祖国边陲风光》特种邮票12枚,明仕田园风光被命名为《桂南喀斯特地貌》(第7枚)入选邮票题材。

　　晚上8点过后,中心广场,具有壮民族风情的音乐响起,一场壮族歌舞秀闪亮开场。表演以壮族人最喜欢的山歌开始。壮族阿哥阿妹还用歌舞表现花山崖壁画的场景,再现壮族先民祭神、狩猎、农耕生活,扁担舞粗犷有力、绣球舞婀娜妩媚……

　　从德天瀑布到明仕田园,这样的地方适合静静地发呆。坐在竹筏上,飘荡绿水,望着远方的风景,心里感到分外宁静,感觉远离尘嚣浮华喧嚣的世界。盼望着日落,虽云层层叠,并不见绚丽的落日,但那一抹斑斓的晚霞,早已在我心中漫卷。

在 海 边

离北京最便捷的海边游玩大概要选择北戴河了,作为北京的后花园,河北一直以来都被低估,大多数人对它只有个模模糊糊的印象,实际上河北有通往承德避暑山庄的草原天路,有盘旋于大山之中的环长城旅游公路,亦有串联起北戴河、昌黎黄金海岸等美丽风景的沿海高速公路,若是想与大海来一次亲密接触,那就朝着秦皇岛北戴河出发吧。从北京到北戴河,一路经过喧嚣的城市、飞驰的高速公路和慵懒的海岸公路,抵达忽明忽暗的海边,它一半沙漠一半大海的热情,自能展现出北方大海的独特魅力。

这里也给我留下三段最深刻的记忆。

第一次深刻的印象是在 8 月的某天,工作单位组织体检,顺便在北戴河休养。这之前,我刚去了黄金海岸,昌黎的黄金海岸,一直是一处绝佳的风景。这里沙质优良,远看黄金海岸若海滩边上的沙漠,它长 30 公里,曾被《中国国家地理》杂志评选为中国最美八大海岸之一。金黄色海滩连绵 30 公里,大海与沙漠融为一体,有"海岸沙漠"之称,无论是游玩,还是静静观海,都是绝佳的地方。在黄金海岸驾着滑翔伞,驭风而行,白云为伴,乘坐水上摩托艇,游玩滑沙、滑草、高空速降等休闲娱乐项目,在感受风一般速度的同时又能领略到大自然的美好。黄金海岸的南部还有一座翡翠岛,这里一半是金黄大漠,一半是冰绿海水,静静看沙漠与大海相拥相吻。

在北戴河,一群人打打闹闹,租来自行车穿行。骑车先到了鸽子窝公园,鸽子窝附近的海边悬崖礁石比较多,不适合游泳,但是风景很好。我们继续沿着海岸线前进,前行不远就是旅游码头,在这里可以坐游船出海,再向前就是碧螺塔酒吧公园了。这一路都是疗养院,在碧螺塔不远处有一个小渔船码头,这里有刚出海回来的渔船,从码头这一段开始道路非常平,骑车非常轻松。北戴河沿街都是树,还分布着不少小花园,环境非常幽雅。这里还有一个浪漫的婚纱摄影基地,很多都是从外地到这里拍婚纱照的新人。最后骑车到达中海滩浴场,沙滩非常好,没有礁石,再向西走,10多分钟就到老虎石公园了。这里是北戴河最繁华的地方,老虎石附近的建筑都是欧式的。由老虎石折向北,到海滨汽车站向西走就是著名的石塘路市场。石塘路市场最出名的就是海鲜和工艺品。从石塘路市场出来顺着联峰路东行,路上经过怪楼奇园,我们又到奥林匹克公园绕了一会,公园人不少很热闹。骑车穿行的中途有个山坡,爬坡真是带来诸多困难,但是因为大家竞赛不亦乐乎,遇见困难也争先恐后地向上骑行,那时候的年轻人真是勇敢无畏。大家时时刻刻在路上,在努力,在冲刺,不放弃,不怕累,也不服输。

待到夜深人静的晚上,星空是最华美的帷幕,沙滩是最舒适的座椅,海浪声是最合拍的伴奏。夜色总是能消化人的任何情绪,闭上眼,听着浪声,吹着海风,这是一天中最宁静的瞬间,好像把时间凝固在了眼前。

第二次深刻的印象是和家人同来,那时宝宝还不到两岁。北戴河属于温带海洋性气候,这里夏天不会太热,比起北京要低上好几度,考虑她这么小就在海边走走,沐浴阳光,追逐海浪,找找虾蟹。可惜计划赶不上变化,到了北戴河的当晚宝宝就开始发烧,第二天早上也没有退烧,那两天的北戴河下着淅淅沥沥的小雨,断断续续地下着,像我焦急难耐的心情。父母一早就出门下海了,我让林先生看着宝宝,我去药店买几副感冒冲剂。有了宝宝以后也是一种甜蜜的负担,旅途或许不再那么肆意畅快,但是却有了不同的感受。待到中午时分,太阳完全露出脑袋,宝宝的病情有所好转,我们不敢让她碰海水,只能在细软的沙子上走一走,留下深深浅浅的脚印和堆砌得歪歪扭扭的城堡。

第二日我们驱车前往山海关。它位于河北省秦皇岛市东北 15 公里处,明洪武十四年(1381)筑城建关设卫,因其依山邻海,故名山海关,与万里之外的嘉峪关遥相呼应。

山海关位于明长城东端,是明长城唯一与大海相交汇的地方。向北是辽西走廊西段,地势险要,为古碣石所在地,所以史家又称其为"碣石道"。关城北倚燕山,南连渤海,冀辽在此分界。山海关长城历经洪武、成化、嘉靖、万历、天启、崇祯六朝修筑,耗用大量人力、物力和财力,前后用263年时间,建成了七城连环,万里长城一线穿的军事城防系统。山海关城周长约4000米,与长城相连,以城为关,城高14米,厚7米,有4座主要城门,多种防御建筑。包括"天下第一关"箭楼、靖边楼、牧营楼、临闾楼、瓮城以及1350延长米的明代平原长城等景观。"天下第一关"的匾额长5米高1.5米,相传是明代成化八年(1472)进士、山海关人萧显所题,字为楷书,也有待后人考究。我们仅从厚重的城墙和巍峨的城楼,就能联想到古时的金戈铁马、战火纷飞、硝烟四起。

第三次深刻的印象或是来自那句"你错过了距离北京3小时的世外天堂!"若换作以前,会认为稍显矫情,如今随着年岁的增长,心境不同,暗自期待在这"世外天堂"能邂逅一些美好。

那时宝宝四五岁,我们本计划去阿那亚,从北京轻车熟路地驶向北戴河,向着5月的大海奔去,一路上还是熟悉的景象和画风,不同的是道路两侧花开满园,有了春的斑斓。

由于一直听闻阿那亚礼堂、孤独图书馆和沙丘美术馆的盛名,原本我们最期待海边的行程。抵达目的地,看到辽阔的海滩上,孤独图书馆就静静屹立在这里,像是观海的一位老人。玩耍些许时间后便接近日落,昏黄的礼堂沉浸在海天之恋的一片蔚蓝之中,亮起温暖的莹黄色灯火,如同一个身着白色丝裙的少女怀抱着一盏渔灯在等待着迟归人。

可惜林先生发现没有满意的住宿环境,于是依然选择前往北戴河。

黑夜的海滩,凉飕飕的,海风吹到身上沁骨的凉,夜里不大看得见波浪,但海浪声却分外清晰,充满节奏感的扑腾到海滩边儿上,涌上一些新的砂石,又带走一些,周而复始,年年岁岁,这便是自然,潜移默化地影响着周围的一切。清晨透过落地玻璃窗,将朝阳下的海边风景尽收眼底。抬眼旭日薄发,低头叹早茶,整个春日的北戴河都在自己脚下,更吸引人的还是这里的海鲜美食,螃蟹、蛤蜊、面条鱼等,都能挑逗人的味蕾。

那天下午的北戴河有点特别。我知道海鸥喜欢吃蛤蜊,所以海鸥多的地方,沙滩上遗留的贝壳会特别多,而且都是新鲜的。同样,贝壳多的地方,海鸥也特别多,他们不仅在空中盘旋,还时不时俯冲下来吃蛤蜊,特别的活泼好动,但孰知,若碰巧有个喜欢捡贝壳的娃,那么 10 分钟的路能走 30 分钟,全程都在捡贝壳中,最美的贝壳永远是下一个。

在捡贝壳的途中,猝不及防地飘来一阵雨,雨越下越大,豆大的雨滴砸在海边的街道,瞬间积流蔓延开来,仿佛海水和陆地融为一体,天地之间是一块巨大的雨幕,我在车上待不住,撑起伞就冲下来,"吧唧吧唧"踩着雨水跑到海边眺望远方。此时的海边真的很安静,四周没有游人,大家都不知道去了哪里,只剩下世界与这片海默默交流,我似是一个观棋者,不敢打破当下的气氛。

无独有偶,这样阴差阳错的临时收获在我关于海的记忆里接连不断。

春节期间,我们在广东高速堵车,于是顺道去了一个不太熟悉的地方,乐于去感受不一样的世界。若是把名字单独拿出来,当时的我还不知道怎么念,后来这个名字始终定格在我的脑海里——巽寮湾。

巽寮湾位于惠东县城平山镇南部,处在中国改革开放的深汕特别合作区旁,是粤东数百公里中海水最洁净的海湾之一。相传乾隆年间,一群难民来到这荒僻之地,搭茅"寮"定居。"巽"是八卦中表示平安吉利之意。巽寮湾有"天赐白沙堤",有国家级海龟自然保护区港口海龟湾,有被誉为"广东省历史文化名城"的平海古城和建于明清时期颇具特色的古镇村落。

冬日南方的海还是吹着强烈的海风,迎面吹来淡淡的海腥味,白色的沙滩上海浪有规律地冲刷着,远处几十艘海船伫立在海面上,静谧安详,甚至那即将滑落的夕阳都被蒙上一层薄纱云锦,从缝隙里竟拼成了爱心的形状,在海的另一边有青山环绕,更远的地方隐约可见三两小岛。太阳照射在海面上,使得海浪波光粼粼,那白的、黄的、蓝的、绿的海船在上面来回穿梭,好一派热闹的景象。蓝蓝的天空,辽阔的大海,这里游人极少,可以尽情地享受着这片安静的海,模糊了大小梅沙的记忆,在巽寮湾任海水与脚缱绻嬉戏,赏夕阳晚霞,时光静好,大自然在这里充分展示她的柔情。

我们走过很多的路,看过很多的风景,却依然对于自然,对于未知痴迷。

下一次,希望我们还能相逢在自由而浪漫的海。

江 阴 故 事

我未到过江阴。

但从小到大,它始终存在我的生活中。

我还未出生的时候,大姨就远嫁到了"江阴"这座小城。大姨是家中长女,按照习俗很多事物需要参与发表意见,或是作为长姐表态。父母这一辈,兄弟姐妹比较多,商量事情也是重视家风、长幼有序、看重亲情、严于教子。待我有记忆的时候,家人和大姨都是经常通过座机电话联系,过了几年,火车换乘便捷一些,先是大表姐回来看老人,后来是大表哥过年来探望,印象中我还在读书买玩具的时候,大表哥已经成家立业,虽然我们是同一辈分,却不是出生在同一个年代,然而血浓于水,这丝毫不影响一家人的母亲每次谈起他们还是会眉飞色舞地聊起两位小时候的事情,那时候母亲还单身未嫁,很喜欢帮助长姐照顾小孩,现在剩下的时光回味更多是一份对亲人的留恋、分别的惆怅与过去的怀念。

在幼小时光的记忆里,大姨比其他人更显得亲切一些。由于老人生病,有段时间大姨不得不从外地搬来老人这里陪护。大姨说,嫁出去的姑娘泼出去的水,但是我的父母永远是我父母。父母在,不远游,本来自己亏欠父母很多,他们需要的时候肯定要尽一份力。

大姨在外时间长了,口音变了,饮食习惯也变了,但是音容笑貌却越来越像自己的母亲。我有时候看着大姨,觉得她是家里比较成熟的女性,在那个时代她有勇气选择走出去,从北方到南方,并且在外地不依靠父母把两个孩子拉扯成人,她的委屈极少告诉父母姊妹,而这些弟弟妹妹们却把她当成长姐,有什么事都会向她倾吐苦水或是汇报求助。大姨像她的母亲,因为她的母亲支持她做出自己的决定;她的母亲在背后默默支持自己丈夫的事业;她的母亲养育了五个子女,又帮助他们照料子孙后代;她的母亲把整个家庭团结在一起,每个周末和节假日,全家老小都自觉地前往老太太的住所欢聚一堂、喜庆祥和。

作为独生子女的一代,儿时的记忆给了我很大的影响。有的人认为温暖是冬日里的一把火,有的人认为温暖是黑夜中的一盏灯,有的人认为温暖是家人一个微不足道的眼神、一段鼓励的话语,但在我的心中,温暖就是外婆家餐桌上的美味佳肴,以至于后来外出学习、工作、成家,我都会在欢庆的时刻希望全家团圆。有时会事与愿违,由于工作繁忙或者父母的原因,不能再时时刻刻聚在一起,身

边也越来越多的人习惯了独立、习惯了孤独、习惯了一个
人生活。终日奔波在两点一线,不知不觉中,走过了一个
又一个的春夏秋冬,有过迷茫,有过孤单,有过心酸,有过
奔忙,似乎没有太多时间去细细品味温暖,人情味儿开始
淡薄了。

我有时也会感受到大姨当年的心境,无论走多远,内
心始终放不下的还是家人。

随着外婆去世,年轻一辈到了各个城市奋斗,建立自
己的小家,团圆的日子越来越难盼到。只是从母亲那里听
说,大姨突然得了一种怪病,一条腿感到无力,慢慢地抬不
起来,渐渐不能再自由行走,等忙碌了一段时日,听到的就
是大姨已经下不了楼,开始坐轮椅了。

大抵这个时候,迅速发展的科技又带来便捷的生活,
联系工具从座机变成了手机,联系方式也从打电话变成了
用微信。和大姨视频的时候,她脾性变得很压抑,不太爱
说话,也不希望麻烦别人,所以不常下楼走动见人,躲在屋
子里的日子便剪了寸头。大姨对我说,谁还看我呢?谁还
看呢?这句话好像不是问朋友,在外地这么多年,或许大
姨早就习惯了,而似乎是在问远在他乡的亲人和忙忙碌碌
也不能住在一起的儿女。

大姨的话我无法回答她,只能劝说让她开心一点,足
不出户也可以做一些自己喜欢的事,比如做手工、缝纫,或
者学一项新技能。但是人在劝说他人的时候,总会忽略她

此时的心境还没有从低谷向上爬。她没有打开心结,也不想打开窗口往远方去望。

后来母亲联系了北京的一家权威治疗骨科的医院,希望能帮助到大姨。再见大姨的时候,她的样子更像外婆了。经历了许多不为人知的沧桑,岁月催人老,头顶漆黑的美发生出了几许银丝,如同山阴的沟壑间、巨石旁残留着的冬雪,眼角的纹路也像日子一样稠密,唯一能看到的只剩下微弱的光和热了。这次,大姨兴致勃勃来北京,脸上的笑容多了一些,或许她不止是想寻求答案,也是想出来透透气、见见自己的姐妹。二姨也住在北京,便和母亲一起来医院探望她,三姐妹聚在一起的时候,大姨就开心了许多,家是世界上唯一隐藏人类缺点与失败的地方,它同时隐藏着甜蜜的爱。

约莫过了一个月,大姨的病毫无起色,准备返回江阴了。那天送她上火车的时候,大姨偷偷抹了眼泪,相聚的日子总是短暂的,又要和亲人分开了。我也找不到安慰大姨的语句,但是我明白,离别能使浅薄的感情削弱,却使真挚的感情更加深厚,正如风能吹灭 烛火,也会把火扇得更旺。

看着远去的列车,它将要抵达我从未到过的"江阴"这座小城,这是在书刊、在报纸、在电视广播、在网络新闻、在朋友聊起的时候,我都会感到非常熟悉的一个地方,我熟悉的不仅是它位于无锡市北侧,也不仅是这里有"天下第

一村"中国华西村,还有地处江尾海头、长江咽喉,历代为
江防要塞,是长江南北的重要交通枢纽和江海联运的天然
良港城市。我不敢轻易踏足那里,因为那里承载着一个女
人所有的青春与衰老。我不想去撕开一个口子,去看看别
人的伤痛,因为我没有那样高超的医术,我无法缝合这道
时光的裂纹。但是这座从未到达的城市却是无比亲切、无
限温暖的地方,只因那里有我和母亲牵挂的亲人。

再翻看那些泛黄的老照片,随着年月慢慢斑驳,熟悉
的身影遗留在了回忆的边缘。春风吹散了嫣红柳绿,却带
不走回忆的温暖;岁月斑驳了朱门高墙,却掩不掉回忆的
温暖;时光模糊了往日时光,却抹不去回忆的温暖。

精神的故乡

忆似故人曲

石榴花染红了五月,栀子醇厚的香气袅袅袭来,空气中弥漫着淡淡的粽叶和艾蒿的缕缕清香,又是一年一度的端午时节了。相比西方节日的五花八门,中国传统节日让我较为重视的是清明节与端午节。

"樱桃桑葚与菖蒲,更买雄黄酒一壶。"端午一到,粽子重新登场为餐桌主角。粽子,古称"角黍",真正有文字记载的粽子见于晋周处的《风土记》。粽子形状很多,品种各异,一般还有正三角形、正四角形、尖三角形、方形、长形等各种形状。由于中国各地风味不同,端午节的粽子也分好多种,有北方的甜粽子,也有南方的咸肉粽,云南的火腿粽子等不一而足。在中医看来,包粽子的苇叶及荷叶均是清热解暑的良药,糯米也有益气生津的功效,所以在初夏时分吃粽子是非常不错的选择。

往日的似水年华,儿时散落的记忆,在这五月粽香静静流淌的岁月里重新找回,童年记忆中的端午节是从黄河故道的那座小城开始。

母亲这天会早早起来,先煮粽子,然后把准备好的大蒜和鸡蛋放在一起煮,供一家人早餐食用。早餐食大蒜、鸡蛋,这种食法据说可避"五毒",有益健康。煮鸡蛋要用煮粽子的锅,有条件的还要再煮些鸭蛋、鹅蛋,吃过蘸糖的甜粽之后,要再吃蘸盐的鸡蛋"压顶"。等我们醒来时,一大锅鸡蛋已经煮好了,衬着淡淡的草绿,散发着沁人心脾的清香,老人肠胃不易消化,母亲就准备一碗香气四溢的荷包鸡蛋汤,那种飘着葱花、香菜的蛋汤,点几滴香油,至今想起来都让人馋。

据说吃五月端粽锅里的煮鸡蛋以保夏天不生疮;把粽子锅里煮的鸭蛋、鹅蛋放在正午时阳光下晒一会再吃,整个夏天不头痛。我当然是先吃鸡蛋,后吃粽子,那煮熟了的大蒜,味道也不错,绵绵的有股香味。

中午,母亲用面粉发酵与艾蒿一起蒸馍馍。艾叶是一种野菜,本身也是一种中药,用艾叶加红糖煮鸡蛋,水和鸡蛋一起吃掉可以治疗虚寒性出血及腹痛,记得每次腹痛母亲都会用这方子。艾蒿中含有多种挥发油,具有芳香气味,闻着满屋的香气,恨不得立刻就抓一个馍来吃。

艾叶、蒿草的清香,就是端午节的味道。

有时,母亲也会把准备好的苋菜放在馅里包饺子。苋菜首选红苋菜,以叶片大而完整、较嫩为主,紫红色较好,焯苋菜时烫一下即可捞起,防止营养成分遭到破坏。苋菜不耐久放,最好尽快吃完。难怪有人说,中国的传统节日都是吃的节日。节随时令来,节物亦随时令而生,过节所需物品,皆可就地取材。

宋人杨无咎曾有词云:"疏疏数点黄梅雨。殊方又逢重五角黍包金,菖蒲泛玉,风物依然荆楚。衫裁艾虎。更钗袅朱符,臂缠红缕。扑粉香绵,唤风绫扇小窗午。"写的是宋朝时候,荆楚之地丰富多彩的端午风俗,朴素而盛大,清逸又风雅。那些悠缓的古老光阴中的闾巷人家,总是费尽心思地把质朴的节日,过得风情而雅致。

母亲是山东人,而父亲是湖北人,"大蒜蛋"勉强吃一点。许多年过去,父亲依然只想过节的时候,吃一碗糯米饭。在荆楚见到屈原故乡的粽子,这里的粽子是没有馅料的,简简单单的糯米粽,小小巧巧的正三角形,能够放在手掌中,包裹在手心里。所有的粽子大小相同,十几个系在一起串成风铃状,这是艺术品,不是单纯的食物。

不知不觉之中,我们都被时间推着向前走,节日也许就成为我们最为重要的记忆。而端午节,对我来说也是一份心伤,这种深入骨髓的隐痛,来自时间深处的召唤。

2013年初夏,北京道路中央的月季已经花团锦簇,云影探上月光,夜晚下班回家,送过清润的幽香。原本说好五一放假回家乡探望外婆,临时有事无法成行,只能约好端午节再回。外婆还连连安慰要注意身体。谁想到没多时日,外婆出门意外摔跤,几经治疗未果,很快陷入昏迷。听闻消息,我慌忙连夜赶回,她似乎是撑着一口气,第二天就去世了。

那时年轻,不懂得"离开"意味着什么,只觉得生老病死是生命规律,觉得老人八十高寿已是幸事,没有什么特别伤怀。

只是那个端午节,印象难以磨灭。从一大家子十几口的团聚,变成沉默再沉默,而姥姥所在的家,像灌满风的塑料袋,一下子就空荡荡起来,院子里栽的榴花树,旧时堂前榴花似火,明艳照眼,随着外婆的离去,瞬间有花瓣萎落,落红堆地。

失去一种"牵挂"的时候,那种离开的滋味才会越发清晰。时光推移,年岁渐长,容易联想起小时候的事,可惜能一起回忆过往的人,已经不在世了。后来,有了自己的孩子,更强烈感受到生命的流转。陪父母站在医院的门口,才体会到节日只是一种仪式感的东西,能把握住的唯有珍惜。人生漫长,长到心中搁不下太多的拥挤的旧梦,人生又太短,短到无法弥补过往的仓促和遗憾。每年的清明节,我开始虔诚,一定要回乡扫墓,在坟前和外婆说说话,唠唠嗑,有故乡的人,才有远方。那一抹深藏已久的情思,都会在传统节日里被放飞,飘过万水千山,寻觅那个最终的归宿。

榴花又开,南风又来,想起唐人殷尧藩关于端午的那首诗:"少年佳节倍多情,老去谁知感慨生;不效艾符趋习俗,但祈蒲酒话升平。鬓丝日日添白头,榴锦年年照眼明;

千载贤愚同瞬息，几人湮没几垂名。"诗人的意境，不经岁月沧桑的洗礼，恐怕是很难体会得到的。随着经年老去，才能慢慢懂得回归生命的本真，心藏一份眷恋，不要忘了亲情、亲人，不要忘了真实的自己。

田野，麦黄杏熟；河畔，粽叶飘香。今年端午前夕，时隔多年后回到武汉的母校，与在校大学生交流。站在江边望河水奔流而去，河路伸向远方，山河无限，岁月迢迢，屈子说的前路漫漫无穷无尽，我将坚持不懈地寻找心中的理想，这不也正是此时的我吗？风烟缥缈，日色虚静，带着无限远意，思绪背着行囊，牵着马，越过重叠河山，浮云白日下，荡游而去，打马入江湖，天涯寻梦去了。

从故乡到异乡的汨罗江畔，从屈原投江的那一刻起，江水已汩汩流淌了 2000 多年，从没有干涸，从没有断流过。"朝饮木兰之坠露，夕餐秋菊之落英"，穿越千古的荷风吹过屈原故里，仿佛那位宽袍短须、仰望天空、对月长吟的天问诗人，正以心怀黎民的浩然之气写尽飞扬与幻灭。

而在我的心中，还是年少时那个早晨，阳光暖暖地照在了小小窗户上，微微的细风摇曳着树枝，鸟儿叽叽喳喳地叫着，还在梦醒之中、朦朦胧胧的时候，母亲用围腰布揣着一个小小煮熟的鸡蛋，给我说今天是端午节，外婆也在石榴树下，估摸着今年中秋又会结多少果子。

雪　中　行

　　这是北京 2019 年的第二场雪,农历新年伊始,雪的造
访反倒频繁起来。一整个冬天都期盼着,虽然迟到,但终
究未缺席这场丰年盛宴。半晌的洋洋洒洒,透过窗外望
去,远处的高楼屋顶被白茫茫的雪覆盖,像笼罩了一层白
丝巾,不经意中再望去,树木、草地、公路……雪的精灵布
满人间每一个角落。

　　一时兴起,拉着小宝破门而出。骤雪初霁,漫步街头,
任柔和的雪花撒在肩头,似乎拉近了与天空的距离。记得
儿时,每下完一场雪,孩子们兴奋异常,尽情玩耍,打雪仗、
堆雪人,自由地与天地相嬉。不能忘怀的旧时光,初心如
雪,洁白、无暇、澄澈。

　　雪花漫天,似烟非烟,似雾非雾,宛如银色的蝴蝶翩翩
起舞。雪,让人迷醉。

　　想起了中学时代的好友雪雪。因幼时走路不稳,歪倒
在雪堆里,家人一时兴起,为她取了“雪雪”这个昵称。十
几年前,教育资源对雪雪所在的小山村来说,是很贫乏的,

或许正因此,雪雪才格外珍惜学习的机会,以全额奖学金保送市重点高中。

那时,每逢夜幕降临,我和雪雪总要打开广播,听一听电台熟悉的主播的声音,一边漫步于林间小道,或是在操场草坪上小憩。那档节目有一个环节,可以请主播打电话送出祝福。那天是雪雪的生日,雪下得很大,雪花像柔软的绸缎铺满大地。我偷偷准备了一个惊喜,提前联系了电台,请我们喜欢的主持人为她送上祝福。那是高考前的最后一个冬天,挂掉电话,在月光的照耀下,雪花漫天飞舞,雪雪的眼睛闪着泪光,雪花吹开她紧锁的眉头,所有愁思飞散,历经寒窗苦读,未来似乎触手可及。

一眨眼十多年过去了,那曾经触手可及的未来变成了昨天。如今,唯有堵车的路上才会打开广播,早已没了当年那份心境,记忆中那位电台主持人的名字也模糊不清。智能手机功能强大,许多人可以对着手机消磨一天,但和现实中的朋友相聚的时间却越来越少。我和雪雪也失去了联系。

岁月终有情。一个冬天,回老家探亲,母亲递给我一个信封,拆开,是雪雪的结婚喜帖。年少时的雪雪,曾有许多想法,和家人在婚姻观念上有诸多冲突。惊喜中,倒添了几分好奇心。与雪雪重逢时,雪花漫天,我们围炉而坐,许久未见的雪雪还是那般坚韧。结束了稚气的痴痴幻想,卸下了胆小虚伪的皮囊,在喧闹中泰然沉默,在人流中坦然独行,不再轻易被他人的一言一语左右。真的友情,如雪花片片,使人们独而不孤,互相解读存在的意义,亦是独立人格之间的互相呼应和确认。

办婚礼前,雪雪的母亲悄悄送给新郎一本相册,里面都是雪雪从小到大的照片,附着母亲一封手写的书信。大红灯笼映衬在雪中,我似乎看到了那个稚气未脱的少女。不禁感慨,对于母亲来说,孩子是她的多少个十年呢。

生命本如雪花,质本洁来还洁去。我们之所以喜雪爱雪,完全因为它的本质——洁净。想它来时,已跋涉了山山水水,历经了沟沟坎坎,最终一路清香化成这简洁素白的色调。

夜深了,把风雪关在门外,人们都进入了梦乡,月光洒在雪上,一缕缕清凉的光芒,弥漫于一望无际的苍穹。盛雪煮茶,炊烟袅袅,感叹时光,感慨岁月,感恩生命。

风 雨 相 随

到了沈阳,才知道这里的每块石头都有故事。从九一八历史博物馆到抗美援朝烈士陵园,走走停停,兜兜转转,有些人将半生年岁、子孙后代留在这片土地上,驻守得久了,就成为其中的一对石头,仿佛乱世恋人紧挨肩膀,饱经风霜。假如停留在墓碑前刨根问底,就会追问出过往的身世,不经意间翻开日历,陈年的梅花早已风干在最后一页。

6 月中旬,寒风凛冽。城市如耄耋老者缓慢的步伐,阴沉着调子、暗哑着嗓音依依惜别。飞机掠过上空,耳边是家人讲述的记忆,轻轻抓住历史的一缕丝线,便能牵扯出动人心魄的爱情故事,但在拼凑不齐的情节中,捕捉到失落的缝隙,这段漫长历史的当事人至此消失、无从考证,这也是不禁担心忧虑的地方,"一个老兵的经历是故事,一百个老兵的经历就是历史",又有多少人能与老兵隔空击掌。

故事开始在长三角北翼的港口城市,集"黄金海岸"与"黄金水道"优势一身,有着"北上海"之称。1941 年,一名 13 岁的稚童为反对地主残酷的压迫剥削,毅然成了游击队

141

的侦察兵,虽是娃娃,但在后人眼里亦是英雄,他改名换姓开始新的生命历程。1946年,一位16岁的懵懂少女也加入了新四军,断断续续接受过一点教育的她,强烈反对当地的包办婚姻,听到士兵们聊起部队生活,向往出去闯荡,成为拿起枪杆子、朝敌人脑袋上打去的新一代革命女战士。1948年,两人共同参与了淮海战役,她望着他熟练地把村民支援的狗皮和蓑衣铺在伤员身下取暖,甚至把用来吃饭喝水的葫芦瓢二话不说给难以行路的伤员接大小便,他身上那股军人特有的坚毅与干练吸引了她,心中便生了情愫。这场解放军牺牲最重、歼敌数量最多、战争样式最复杂的战役。在那66个昼夜的战火中,她想,只要活着回去,就在一起。

就这样,一切美好,刚刚开始。他们随着中国人民解放军第23军参加渡江战役,乘胜向纵深穿插,随后,和兄弟部队解放杭州,上海,又进军浙东,参加舟山群岛战役和浙东剿匪,解放了定海本岛。平时,他们忙于执行各自的任务;闲暇时,两人一起畅想着未来的光明。他们有着共同的信仰和追求,也做好了为国为民随时牺牲一切的准备。

1952年,第23军参加中国人民志愿军入朝作战,他毅然放下新婚妻子,重返战场奔赴前线,为避免对方担忧,只言片语都未曾留下。从部队领导那里听闻消息的她,来不及埋怨生气,只想立即变成一只北方的鸿雁,飞到那片传说中金达莱花盛开的田野。

　　几日后,她毫不犹豫地揣着领导的一张"批示"就奔赴前线。人在哪里作战、是生是死,谁也不敢保证。然而,她未及多想,从南到北,舟车劳顿,水土不服,只愿千里迢迢来到相距最近的地方。他,就是自己的战友、同志、兄长、爱人,他们并肩而行、出生入死,这次也不能丢下她一个。

　　抵达前线时,整个山头被炸得焦黑一片,到处是弹壳残墟,有许多炮弹还在燃烧,阵地上的草也都被烧焦了。那会儿,因为喝不上水,战士们口干得话都说不出来,步谈机话务员急得自己打自己的嘴巴,为的就是打出血,用来滋润喉咙。面对这一次的困难,她依然没有打退堂鼓,在战友的口口相传的帮助下,她终于找到了他。

　　他们相逢在奄奄一息的伤员之间,简陋的防空洞透出阳光折射的光线,不远处有轰鸣的炮火,原先准备好的话都忘了,两人只是紧紧地互相握住对方的手。

　　她轻轻地帮他弹去衣服上厚厚的灰尘,一切尽在不言中。

　　那个年代的恋人总是聚少离多,匆匆见面,又匆匆告别,但心里都互相牵挂、互相信任、互相忠诚。

　　那时候,机场、库房常常上午刚建,下午被炸。他申请加入空军飞行员行列,但因为右手曾受过伤,三个手指轻度残疾,无法灵活操控飞行,组织便安排他加入中国人民解放军空军第2军后勤部,协调通信、防空、运输物资等工作。于是,他和战友们日夜抢修机场、库房,来不及休息片刻。

战旗如火,凝聚着人民的目光;铁流浩荡,肩负着祖国的期盼。多少同伴丧生战场,多少生命瞬间凋零。对她来说,已经心满意足。

战争结束后,他的工作地改到了丹东,她退伍转业回到江苏。五年的异地分居生活,她学会了独自面对生活的酸楚,一力承担起照顾两个嗷嗷待哺的孩子。每次他回家探亲,她毫无怨言、从不喊累,她和他一样懂得坚持和奉献。1962 年,她随军来到丹东这个魂牵梦绕的小城,又追随他去了开原、长春、沈阳……直至亲自护送他的身躯长埋于这片黑土地。

2019 年初夏,窗外,沈城的清风透着一丝凉意,她躺在病榻上,惦念着早已离开人世的他,那双劳苦一生、布满皱纹的双手用力抚摸着泛黄的照片,动情地回忆说:"以前他总叫我小刘同志,现在我老了,我见到他要喊老王同志。他那倔驴的性子也拗不过老人,以前当侦察兵改了姓名,后来还是把子女后代的姓氏改回来。"

她眯起眼,接着又说:"他是一个苦孩子,在枪林弹雨中出生入死、九死一生,和许多革命年代出生的人一样。他说不出自己的生日,总是和大女儿一起过生日,有时也不愿给孩子们细说自己几十年前亲历的苦难和荣耀。"

时过境迁,斯人已逝。

2020 年,是中国人民志愿军抗美援朝出国作战 70 周年,而这位 89 岁的老人已经辞世一年有余。生命是真实的,生命是诚挚的,墓碑并不是一代人的终结点。硝烟散尽,枪膛发凉,人们对那段激情岁月的追忆和回味,对革命战士的热爱与崇敬,对牺牲烈士的祭奠与缅怀,都从未停止。家人对老人的思念也在与日俱增,一次次从交谈中得知这段祖辈的故事,一次次感受到祖辈的心中藏着如火的真情。

70 多年前,在战火纷飞的前线他们相识相恋,在炮火硝烟中缘定终生,在大半个世纪的风风雨雨中相濡以沫,这一幕幕情景仿佛发生在昨天一样。我凝视着公墓照片里的男人和女人,他们微笑的模样就像所有安心离去的人们。

岁月里的家国春秋

　　"时光一逝永不回,往事只能回味……"在迎来新中国
七十华诞之际,《往事只能回味》的音乐响起,90年代人不
知这是蔡琴的一首老歌,如今在音乐软件上一搜索,出现
更多的是年轻的乐队和歌手,一壶新杯盛老酒,伴着悠扬
的旋律,走在立秋后的中国人民公安大学校园,举目仰望
核桃树,枝丫分出两边,一边是生机的绿果,一边是干瘪的
褐壳,宛若生命古老,灵魂青葱,穿越岁月的长河。

　　来北京后,因为工作繁忙,基本很少再回老家,一年能
有一次,大概也是属于自我要求。今年女儿幼儿园放暑
假,临时有假把她送回老家找小伙伴玩耍,订车票时,我在
想没有软卧就买硬卧,没有硬卧就买硬座,总是能买到票
的。现在的火车车速越来越快,买硬座坐个五六小时,还
是可以承受。后来发现,一张硬卧票是一两百元,不禁哑
然。原来,距离我的童年时光,200元,只有一顿饭钱,只有
一个北京跨区的价格,花了许许多多的200元,却没有时
间购买一张回程的车票。

　　每次,回到家乡,脚步就会慢下来。家乡发展变化非常快,从前是鲁西南地区贫困落后的地方,现如今也在旅游业中蓬勃发展,改善交通情况,促进经济进程。有许多街道被推翻重建,我会好奇地看着这个似曾相识的地方,也会发现许多新颖的不同。比如建造了商业广场,比如有了一家家电影院,也比如在各大城市的老字号店铺也开进来,还有那些小资情调独具特色的网红店也鳞次栉比。200 元的车票,不仅缩短了路程,也拉近了城市的距离,无论是选择老家还是城市,这里的孩子都可以吃到一样的食物,看到一样的书,玩到类似的游乐场,买到品质相同的衣服,还可以上全国乃至全球连锁的早教机构,学到基本的知识。这是多么幸福的一代啊!物质丰富,生活条件越来越好,但是大家族的亲情对他们来说,也许是淡薄的记忆。回想小时候的我,所有的记忆都和亲人分不开。

　　忆起自己的家乡,想起家乡的亲人,姥爷、姥姥是从小最疼爱我的人。姥爷是一直不善言语,却又闲不住的人。从记事起,姥爷每天按时接送我上学放学,风雨无阻,任劳任怨。大概小学五年级的一日午后,姥爷教我骑自行车,不一会儿他回去午休,我开始自己练习,几经挫折,渐渐掌握了骑车的技巧,于是兴高采烈地跑回去,站在院子就大喊:“我学会骑自行车了!”跳动的汗珠粘在脸庞,雀跃地像吃到糖的娃娃。当时的开心,现在想来颇有点心酸,那大概就是姥爷的最后一辆自行车。从那时起,姥爷年纪渐长,自行车放在角落里逐渐落灰,他也慢慢只能骑三轮车出行。于是,日子被车轮碾压的印迹拉长,我开始独自上学,却依然有个习惯,刚出校门就在人来人往中四处寻找姥爷的三轮车和身影。也许这种情感,只有游子回乡,走出火车站的一刻,才能体会同样的感受吧!而现在的三轮车也被老年电动车逐渐替换了,一个时代的老物件在不被需要的时候消失视野了。

姥姥和厨房是分不开的。一大家人都聚在厨房忙里忙外,姥姥负责指挥,每次钻进去,都可以闻到蒸馒头的香甜味道,惹得我连说:"好香!好香!可以吃了吗?"此时,姥姥便扭头一笑,让我少安毋躁。有时候,姥姥包饺子,起初我胃口小,一顿最多吃十来个,姥姥不满意,就大家比赛吃饺子,小孩一激就来劲,最多的时候我能吃二三十个,肚子撑得滚圆滚圆的,躺在沙发上一动不动。

姥姥就是典型的山东女人,孩子能吃饱饭长高个,就是最重要的事情。对姥姥来说,能吃是福,我能吃,是她最大的福气。

有一次,我去逛超市,看到大白菜降价,买了两棵就兴冲冲地提着去见姥姥,姥姥什么也没说,后来见到我的母亲,她唉声叹气,说我们过得可以艰苦朴素一点,但是生活上不能委屈了孩子啊!那一瞬间,我才明白,过习惯了苦日子,还保持着良好习惯的姥姥,有多么疼爱自己的晚辈。

姥姥经常在厨房和我聊以前的故事,新中国成立以后生活安稳了很多,老百姓慢慢往好日子上奔,特别是改革开放以后,生活的变化一天一个样。姥姥以前在地里干活,有一次田里的活不是很着急,姥爷去河里抓了两条鱼,不像现在,烤肉、烤鸡都有电烤箱,姥姥和姥爷在田头上用火烤着吃了。姥姥一说,我顿时羡慕,在武侠剧里看过的情节,没想到发生在现实世界。

和大白菜有关的,还有姥姥家的羊肉汤。

小时候的冬天,天气很冷,起早去上学天还未亮,黑蒙蒙的一片,气温骤降,地上结了冰,走路、骑车子都会打滑。每个周末,全家人都会主动跑到姥姥那里,做一大锅羊肉汤,羊肉味甘而不腻,性温而不燥,就着新出锅的馒头,吃完直冒汗,浑身的热乎劲。

中国四大羊汤,第一个就是号称中华第一汤的山东菏泽单县羊肉汤。曹操带兵打仗的时候,正值严寒冬季,将士们饥肠辘辘,此刻喝上一碗羊肉汤,心生愉悦。羊肉是一种神奇的食物,不喜欢的人避之莫及,喜欢的人却怎么吃都不腻。而爱吃羊肉的人,才能体会到入口时香气四溢的浓厚感。从"鲜"字的组成结构来看,就不难理解人们对羊肉的无比钟爱。菏泽单县羊肉汤的汤色成乳白色,使用纯山羊骨头熬制,汤以原味为主,加大葱、香菜,再来点特制香油,水脂交融、鲜而不膻,那滋味无论什么时候,都能瞬间温暖人心。此外,姥姥熬的特制羊汤做法不止一种,还可与粉丝、白菜、胡萝卜、枸杞等多种食材搭配,做出口感更为丰富的"羊汤+"版，淡其香，少其脂，突其鲜。

已经习惯在冬天，特别是冬至的时候，喝一碗热气腾腾的羊肉汤，就着香喷喷的山东馒头，再和家人一起桌前攀谈嬉笑、一品滋味，不仅能暖心暖胃、抵御风寒，更是平凡生活里幸福至极的时刻。

如今去了外地工作，也总在寻找一种曾经的味道。无论街边小餐馆的，抑或豪华大餐厅的，但是一颗游子之心，或许很难找到属于自己熟悉的地方，熟悉的味道。往后，对于食物的执着越来越淡了，也许是工作的饭菜淡化了我对食物的需求，也许是越来越快的生活节奏让我忽视了对食物的需求，食物，也变得仅仅是为了果腹。

坐火车赶回家乡印象最深的一次，是姥姥去世的前一夜，我从北京着急赶回老家。深夜的病房特别安静，月光如水，照进窗户，映在白色的病床上，柔柔的，漆黑的夜一塌糊涂，有点不忍心看到这样的她，那个对姥爷曾经温柔过、凶狠过又能凭借一顿饭凝聚一家两代十几口人的她，此刻，已经瘦弱得像个小孩子，蜷缩在病床上。我拉了拉姥姥的手，不知道该说什么，也不知道说什么，也不敢哭，不能哭，就那样拉着手。一双干瘪瘦小的手，那一刻仿佛一个世纪，也仿佛一瞬间。

一同前往的先生拉着我说，你别走啊，多陪陪她！可是我已经心疼难忍，无法多待一秒，也不想记住她这个模样，恰似笼中鸟一样困在这间充满药水味的病房中，不禁悲从中来。

我知道有一天,她会终老于病房,再也想不起我。

然而,真正要分开的两个人,连"再见"二字都是多余的,因为我和姥姥不会再见了。

我清晰地记得那是五月,但是还能感觉到凉意,天有点灰蒙蒙的,按照风俗习惯,家中有老人故去,子孙亲戚要先在家里白衣吊唁,行礼磕头,烧纸哭丧。说"再见"就像是一种仪式,有了这种仪式好像我们更善待这份感情,但离别也是水到渠成无法避免的事。

在生老病死面前,人才是最微不足道的那个。没有外衣的伪装,没有假面的掩饰,没有歇斯底里的失落,也缺乏汲汲营营的慌张,保持着恰到好处的,谜一样的依恋。病榻是一面镜,一眼望去,看得到爱,也照得出无限悲凉。我想,她也是一样,知道我来过就好。

我在心底轻轻地说,姥姥,我来看你了。

就像每次回家去看望她一样,她坐在客厅里,耳背听不清,却开着电视,半眯着眼坐在窗户下晒太阳,我就依靠在她身旁,窗外的石榴树在风中忙碌而沉默地结着果子。

后来的整整一个星期,我每个夜晚都会梦到在楼梯口碰见姥姥,等走进家门,姥姥又从厨房探出头,我会跑到姥姥身后,静静看她做拿手菜。

正如从前一样,仿佛昔日重来,无比惆怅,回头看岁月如何消逝,这些过去的好时光,使今天显得令人哀伤。姥姥的手艺,在我看来还是那么好,远处灿烂的云霞更加浓烈,迷幻的光雾笼罩在整条老街上,仿佛上帝把一桶巨大的五色染料打翻在这里。一些路人放下白色雏菊,缓慢地消失在浓雾里,细碎的花瓣被秋风吹拂着,起舞着,最后泯灭殆尽。

没有见过生命的沉重就不会知道它有多严肃。岁月荏苒,不少家人已经老去,亲朋已分开,家乡的味道还是会永远不变的吧。

带着先生来到喜欢喝的家乡老字号羊肉汤馆,这里已经修缮得更加精致,从一家小小的汤馆发展到大店铺,十年的时间,有回头客也有新顾客。在家乡的两天,我恨不得天天都来喝羊肉汤,想把一年的羊肉汤都喝尽,想把四季的牵挂都打包带走,正如老友失散又重逢,道不尽的话语,诉不尽的衷肠。先生一直陪着我,偶尔嫌弃两句没有配菜,品种太少。

临走的时候,我感叹地对先生说:"你来晚了,不然可以尝尝姥姥亲手做的羊肉汤,那才是人间美味。"

味道是一种家乡的记忆,虽然没有路过的城市美丽,没有盛世繁华,但是却能牵动我的心。这世界浮华三千,匆匆过客,时间不过弹指之间,也只有你能在繁杂的世界中,给我一丝安宁的停留。

就像回到小时候,回到那些不习惯用空调的夏天,姥姥摇着蒲扇哄我入睡;回到那些没有游戏的午后,姥姥陪我嗑着瓜子看动画片。她对我的爱,就像一碗羊肉汤,把所有好吃的放在我的胃里,食物的初始是为了果腹,爱却赋予它更鲜活的意义。

好想站在家的门口,深吸一口气,满腔都是家的味道;好想吃到家乡的特产,原来还是记忆中的味道;好想给你一个拥抱,轻声告诉你,我回来了!

这次带女儿回到老家,人事几番新,家乡变得熟悉而陌生。隔壁的叔叔阿姨们都儿孙绕膝,儿时的玩伴已不是旧时模样,父母的鬓间也苍苍如雪。如果有什么抓不住的,那大概就是时间吧,但是不变的永远是家乡的味道。

母亲欢喜地告诉我们,哪里开了一家新餐厅,哪里有一家环境不错的餐厅,咱们去试试。其实,每次母亲来北京,一家人经常会找她口味喜欢的饭店聚一聚,我们希望给她改善伙食,母亲以为我们喜欢在外吃饭,她常说,别总在外面吃饭,再好的饭菜也不如自己做的放心。心里都懂,可是有多少外卖,就知道有多少没有母亲做饭的孩子。珍惜那个曾经出门会牵着你的人,吃饭点菜都有会考虑你胃口的人,千万份心绪都不及一份说出口的爱,千万种食物都不及她亲手做得好! 我说:"不了,今天不想出去,想吃您做的饭菜。"

有一种味道,是时间冲不淡,记忆抹不去,距离拉不远的。

如果一个人走遍了大江南北的风风雨雨,吃遍了酸甜苦辣,但最后这个人渴望的一定不是别处,而是自己家乡的味道。

家乡的味道陪伴着一代又一代的成长,也送走了一个个在外打拼的人,它像一个绳子,仿佛顺着它,人们就可以回到故乡。

"许多年过去了,人们说陈年旧事可以被埋葬,然而我终于明白这是错的,因为往事会自行爬上来",翻到《追风筝的人》书中的文字,此刻音乐的旋律又涌入心头——"春风又吹红了花蕊,你已经也添了新岁。"

在手机里过平安年

2020 年春节,因为新型冠状病毒肺炎疫情变得不同寻常,也牵动了每个人的神经。手机里不停的各种消息,各个微信群里关于肺炎疫情的讨论,家人们的关心、朋友间的问候,今年,像是在手机里过了一个春节。

每年春节单位都会安排值班,我的爷爷在武汉,这几年没能在过年期间回去探亲,但是今年和家人商量再三,还是买好火车票,决定利用三天的时间往返。当时还是 1 月初,疫情病例已经出现,但是看到新闻上不痛不痒的寥寥几字,再咨询武汉的姑妈和小叔,他们纷纷说那是发生在汉口,不在青山,事情没有"想象"的这么严重。朋友还在群里开玩笑说,过年过节不愿意串亲戚应当怎样华丽而不失优雅的拒绝呢——回答是"我刚从武汉回来"。此时父亲已经踏上前往武汉的路途,母亲等着我放假一起出行。

1 月 17 日,宝宝的幼儿园开始放假,她高高兴兴地整理好小行李箱,还说小伙伴放假去广东,约好了一起去吃冰淇淋,不停地问家人能不能带她去。我告诉宝宝,等几天我们也要出去玩了,要去湖北,妈妈可以带你去吃热干面。转眼间,还没等到春节假期,情况就再也不是"想象"了。

1月18日,微信里开始转载关于武汉疫情的消息、图文,事情似乎有点出乎意料,武汉机场、铁路等多地开始对人群进行体温测试,韩国现不明原因肺炎病例、上海加强可疑病例筛查;1月19日武汉爆发的肺炎确认是一种新型冠状病毒造成的疾病、广东省确认首例输入性新型冠状病毒感染的肺炎确诊病例;1月20日北京确诊2例新型冠状病毒感染肺炎病例……那时的我们还未料到,这个春节开始与"数字"密不可分,每天醒来的第一件事就是查看疫情增长多少例、治愈出院多少例、死亡多少例。

人人开始把目光放在这次的疫情上,陆续流露出医院职工取消外出休假、原地待命、医护人员更换手术室专用的高防护口罩等信息。在单位,同事们见到我都免不了提一句,今年别回湖北过年了。

1月21日,宝宝的幼儿园下发了《西城区教委致家长一封信(关于新型冠状病毒肺炎防控工作)》,里面提到外出避免前往武汉及周边等地,幼儿园统计前往疫源地幼儿名单及健康情况。和家人商量再三,我们决定今年不回湖北过年了。

先生还没有放弃外出的念头,对生活充满热忱的他,希望趁着假期共度美好的亲子时光。宝宝喜欢滑雪,先生计划带她去人少的地方,最后锁定了内蒙古乌兰察布盟,并兴高采烈地约好了当地朋友相见。接下来的日子,全家一再参考种种病例,实在担心酒店会不会出现感染情况,直到大年三十晚上,先生下定决心取消行程。婆婆握着手机,意味深长地说,2003 年"非典"时期,她在北京一直正常上班,现在也许是网络发达了,信息资源广泛而丰富,加上中老年人抵抗力弱,对这次的病情还是特别重视,这个春节待在家里,不给自己添烦恼,也不给国家添麻烦,真的成为流传广、有道理的一句话。

堂妹是武汉一家三甲医院妇产科的医护人员,这些天也一直坚守在自己的岗位上。堂妹说,大年初一早上空荡荡的门诊大厅以及为了通风敞开的大门,真的冷,科室的消息群也没有停过,领导的鼓励、关心还有大家对于攻克疫情的决心,让这个"年"显得不那么孤单了。

如果放在平时,我会开玩笑觉得堂妹矫情,但是自己在家待命几天,到了单位,换身警服,就站在支援疫情的第一线了,心里的想法,和堂妹却是一样的。医生和警察,是为生命担当的两种力量,每当突发事件来临,是他们怀着信仰冲在最前线。

我的母校在湖北,校友群里大多是湖北警方前线的"战士"们,大家讨论交流最多的一天是 1 月 23 日,武汉封城、湖北各地的政策,其他时间没有多聊,停休以后都太忙了,顾不上再看手机,最多只是互相说一句:注意安全。一场看不见硝烟却惊心动魄的战役就这样悄无声息地开始了。"武汉加油""中国加油",看着视频里江城夜晚此起彼伏的呐喊,在这个寂静的冬天汇聚成奔腾不息的暖流。

身边同事中有许多医警家庭,丈夫坚守在春运安保的第一线,妻子面对疫情义无反顾冲锋在救人第一线,特警队员小刘的家庭就是其中之一。工作原因小刘和妻子两地分居,一年也团聚不了几天。小刘驻守在重点防控车站,往返武汉及周边地区的旅客列车不少,面对疫情,他积极主动做好自身防控,坚持在辖区参与治安巡逻、阵地防控、清理各类闲杂人员。他的妻子小卢给远在北京的小刘发来微信,告诉小刘自己已经主动报名参加去武汉医院支援,但医院考虑到小卢的专业特点,将她列为第二批支援人员待命,小卢仍然时刻准备着,期待能贡献一点自己的绵薄之力。

夫妻两人的一举一动牵动着彼此的心,同事们笑称这才是现实版的"太阳的后裔"啊!

我们始终离这场战役不远,在与死神的斗争中,各行各业的人们都在通过自己的努力,对抗这场疫情。一大批科学家,夜以继日地研究这种病毒,研制对抗病毒的药品;一大批医生、护士,在 24 小时不间断地照料患者,即使是阖家团圆的日子,他们也放弃休息甚至牺牲自己的安全奋战在前线;一大批警察提前归队,在各个路口和人流密集场所执勤,严防严控做好检测工作,竭力减少感染阻击疫情;一大批建筑工人,正在加班加点为建设新的医院赶工,饭也顾不上吃饱,只为了早点收治更多的病人;一大批工厂工人,也在昼夜不停地赶制新的口罩和消毒液,在药店、超市能把一份安心带回家,让大家保护好自己;一大批爱心人士,正在通过各种渠道捐款捐物,全国乃至全世界的同胞都在驰援武汉;一大批媒体记者,也逆行前往这场病毒风暴,甚至冒着生命危险深入疫情一线,传递最及时、最真实的信息,让人们在朋友圈、微博、网页上动动手指,打开电视,便能迅速获知疫情前线最新动态。

受保护的中心,是无数个小家庭,而回到家中,看到快递送来一大包儿童口罩,我又如何向自己的宝宝解释,尽量不要出门,出门记得戴好口罩,回家一定先洗手呢?

浏览了很多手机科普知识,思考再三,晚上睡觉前,我给宝宝讲了一个故事。最近外面有很多人正在生病,这种病是一种新发现的病毒引起的,还没有药物可以防治。病毒很小很小,我们的眼睛看不到,只有借助显微镜,才能看到它的样子。它像一朵长满花瓣的花一样,大人们把这花瓣叫"花冠",所以它就叫"长得像花冠的病毒——冠状病毒"。这种病毒转移到人的身上,破坏人的身体,会出现发烧、呼吸困难等症状,需要去医院接受治疗。

病毒藏在病人的鼻涕、口水里,所以面对面打喷嚏、咳嗽病毒就会"乘虚而入",但是如果戴好口罩病毒就没办法

"串门"了，口罩虽然可以遮挡一部分，但是还有一部分会通过手，比如对方打喷嚏的时候你用手擦，又没有把手洗干净就揉眼睛、挖鼻孔，那病毒就会在你的身上落户了。所以我们要注意卫生，平时不挑食、经常锻炼身体、按时睡觉，就能提高免疫力。

哀吾生之须臾，羡长江之无穷。希望有一天，可以重新启程，带着宝宝去武汉吃热干面，看夕照之下，浩荡长江穿城而过，霞光染红江水。

也希望这一天，能早点到来。

西 苑 红 墙

2月中旬,北京还是一片沉寂。这片萧肃之中,反而处处透着静谧的味道,沉淀出一丝丝暮者的年代感。

踏着最后的冬日气息,一路西行至清华西路,两旁青松翠柏立于门前,串串大红灯笼挂于枝上,孩童穿梭其中断断续续传来铜铃般的嬉笑声,静立此地的小小门洞里面,居然有这么一座举世闻名的园林。

上次来探访圆明园,大致于高中时代,似乎更倾心周边的百年名校,那时雄心壮志的少年忽略了它的存在。随后,逃不开北海的热闹、景山的高处、后海的日落,尤其是颐和园的冬雪与夏荷,甚至乘龙船自北京展览馆后湖途径紫竹院、万寿寺终至颐和园,游经慈禧太后最喜欢的河道线路,赏长河两岸桃红柳绿。这座城的每一处都埋下往事,锁住年华,余晖中的侧影,无法回望的故事令人动容。

当流连于这些繁华盛景时,与慕名前往、游客如织的爱国主题教育景点擦肩而过。从印象中拼凑不齐、碎石满地的西洋楼,到后来看过圆明园复原微缩景观,内心惊诧于它的辉煌与魅力,但那时仍觉得已然欣赏不到的美景,何必至此一行。

虽然没有找到任何理由来访,没有带着期盼的心情前往,然而,圆明园,这座"万园之园"自始至终带着它百年来的浴火历劫、宠辱不惊,把真实的一面展现在世间。人人爱美,人人躲避伤痕,落雪后一墙之隔的颐和园到处可见扛着摄影设备的记录者,盛装出席在镜头前的无数面孔。这里的沉默,就像这里花未开、树在眠,冬日大片大片裸露的土地一望无边,没有楼台亭阁、巷陌勾栏,踏在厚土之上,看着脚下残留的地基,几根残留的柱子曾托起一个人间仙境,此处的长廊,彼处的高台,逐次从脚底的废墟里拔地而起,用大理石、汉白玉、青铜和瓷器精雕细刻,用洋漆铺染,上了珐琅、镀金,饰以琉璃、脂粉,披上绸缎、缀满宝石,一座座花园、一方方水池、一眼眼喷泉,将诗情画意融化于千变万化的景象之中。正是这里,凝聚六代帝王心血的地方,几乎是神奇的华夏人民运用想象力创造的一切。它的神秘就在于它的不存在性和不可复制性,毁灭与存活,这颗东方明珠同曾经驰骋在白山黑水之间征服了北戎南蛮的马背上的王朝,一起湮没在历史的尘埃里。

壮丽的宫殿,秀美的园林,无数的珍宝与艺术品,皆付之一炬。来此之前,我感到它的骨骼似是冷冰冰的石头,来此之后,那些静卧的巨石荒凉而寂寞,熊熊烈火中被刺伤、受污辱,仿佛廊柱残破的一角还留有燃烧后的余温。

那恬淡秀美的武陵春色在哪里？那曲桥塔影的平湖秋月在哪里？那笙歌管弦的宴乐生平又在哪里？昔日的繁盛，被揉碎在眼前才更觉悲痛。

从长春园行至西洋楼的分岔口处，原本朝着海岳开襟的水边前行，右手边有绵延的土丘，随着几位游人也爬上一探究竟，竟可从高处俯瞰西洋楼的景观群，大水法、远瀛观、海晏堂、水力钟喷泉、方外观、养雀笼直至万花阵。残垣断壁之中，万花阵已被修复得颇为完整，这是圆明园内一座中西结合的迷宫，由阵墙、中心庭院、碧花楼和后花园组成。盛时，每当中秋之夜，清帝坐在阵中心的中式凉亭里，宫女们手持黄色彩绸扎起的莲花灯，寻径飞跑，先到者便可领到皇帝的赏物，故又称为黄花阵，虽然从入口到中心亭的直径距离不过 30 余米，但因为此阵宜进难出，容易走入死胡同，清帝坐在高处，四望莲花灯东流西奔，引为乐事。我们遇到这么奇思妙想的地方，也不禁莞尔一笑。

类似于此的地方，还有园中的福海，这里相当于北海公园的水面。湖水平静如明镜，清绿似翡翠，映照着怪石丛林，和煦暖阳，万点金光，灿烂夺目，湖水环绕着蓬岛瑶台，岛上亭台楼阁典雅秀丽，碧水荡漾在群山之中，小桥若彩带与群山相连，一片湖光山色美不胜收。每于端午佳节，清帝在此举行传统的龙舟竞渡活动，七月十五日夜，清帝于此观赏河灯；冬日结冰后，清帝乘坐冰床在福海赏游，一路留下欢声笑语。也恰是有了辽阔的水域，英法联军火烧圆明园时,由于圆明园面积太大,景点分散,水面开阔,才使一些偏僻之处和水中景点幸免于难,但时至今日,园内景色依然能触目惊心地体会到"夷为平地"四个字的深刻含义,更为重要的是,火烧圆明园的真正概念,不仅是火烧圆明园,而是火烧京西皇家的万寿山、玉泉山、香山三山,清漪园、圆明园、畅春园、静明园、静宜园五园,焚毁的范围远远比圆明园大得多。历史的车轮吹散笼罩在北京城上空遮天蔽日的黑云,碾碎愚昧和野蛮,我们愿意历史朝哪边走,我们又在让历史朝哪边走?

离开之前,我在岸边停驻良久。

庚子初年,一场突发的新型冠状病毒肺炎疫情肆虐大地,圆明园中没有了络绎不绝的游客,口罩隔开人与人之间的距离,原本筹备元宵灯会的诸多装饰物散落在湖面、树间,大片空地的挂绳上,片片灯谜纸条在风中瑟瑟抖动,它们已等不来答案。忆起去年此时,我与先生沿着老北京中轴线,从景山公园一路步行至钟鼓楼回家,处处洋溢着热闹欢乐的氛围,吃食是藏着内心深处的情感寄托,街边裹着厚棉袄老人怀里是插满糖葫芦的杆子,透明的冰糖薄薄地包在那一颗颗诱人的红果上,红宝石般凝聚出小小的光点,望着望着,甜甜的滋味已蔓延至舌尖,也巧遇百年老字号的手工元宵,凝固着千万个祝愿和温暖,即使元宵的口味早已抢购得所剩无几,也甘愿买一些尝个鲜。在此之前,为了沾沾喜庆,我们首先前往景山公园猜灯谜,阳光明媚的晌午,人们纷纷在漂亮的花灯前合影留念,行人驻足在树与树之间,三三两两的结伴交流,也有的人拿起手机在网上查阅,猜到谜底的题目需要记住编号,驻留时间长了还会感到一丝凉意,先生说这是不能太贪心。

揣着想好的谜底,我们便前往了兑换处,一路思考着其余未猜出的谜语,讨论着有没有猜谜的窍门。兑换处的门口早已排起长长的队伍,大家都摩拳擦掌地期待着,有的人手里已经领到了礼品,再次排队来寻找新的答案。所有正确答案都在工作人员查询的册子上,轮到我进入屋内,每个毛孔都不自觉地紧张起来,好似回到了学生考试揭晓成绩的一刻。最终还是先生答对了,奖品是红彤彤的手提灯笼,我小心翼翼地提在手中,沿途吸引不少孩子们好奇又羡慕的目光,我们商量着,明年等宝宝大一点,也带她来感受元宵节的气氛。只可惜,盼着盼着,谁也没有料到疫情蔓延,美好的计划瞬间变成了空谈。

踏雪寻梅,月色婵娟。2月的北京城有自己专属的记忆,元宵灯会在景山,在圆明园,在一座座红墙之内,古往今来,人们驱逐黑暗,用灯笼祈许光明,驱魔降福。望着结冰的湖面,恶性放在历史的镜像前,人类与人类之间,人类与自然之间,放大的欲望掠夺着生灵,巨大灾难笼罩着无数个你我,生与死隔着薄薄的一扇门,生命的脆弱是绝对的,生命如石的顽强是相对的,忽而升起"后人视今,亦如今之视昔"的无限感慨。历史往往给人类生动而鲜活的谜面,我们必须自己做出解答。我们需要怎样的城市,我们如何对待脚下的土地,敬畏是每个人内心设立的一道底线,这种敬畏的人格素养基础就是尊重。

落日余晖,水波粼粼,芦苇荡漾,野鸭成群,黑天鹅时而优雅地旋转身子,时而俯仰头颅,野鸭游于水面而立于冰面,水有水的优点,冰有冰的良处。干枯的莲蓬歪歪扭扭,随手捡拾一支,却有别样的韵味。似是这座园林的写照,荷花盛景之美留在人们心间,曾天真地在其间雀跃,曾痴迷地在其间沉吟,但更多的时候,忍受那些寒冷和潮湿,那些无奈与寂寥,并且以晨光熹微的期盼度日。鲜花凋落,岁月翻过,生命已成暗褐色的蓬头,依然拥有独树一帜的古朴,依然保持着出淤泥而不染的风骨。

后来,我把它带回,放置在书桌,闲来煮茶半曲琼瑶,触碰枯蓬的脉搏,常常忆起那一抹的悲凉,常常凝视那一处的沧桑。

风 华 录

水道纵横的古城,舳舻相接,酒旗如林,市井繁华。

漫步于庭院,烟雨朦胧,青石小道,恰碧人自远处袅娜而来,婷婷立于廊前,裙裾翩飞,轻盈梦幻,于身姿摇漾,一颦一笑顾盼之间暗香浮动,撩人心弦。

侧耳细听,优雅婉转的吴侬软语低低萦绕,丝竹悠扬,妙喉婉转,一唱三叹。

> 一个人,一方台,一转身;
>
> 一个人,一句话,一段情;
>
> 一个人,一出戏,一场梦。
>
> 一忧一喜皆心火,一荣一枯皆眼尘。

那女子咿呀的唱腔中,无花木可见春色,无波涛可观江河,依稀听见风婆娑着竹叶,朦胧看到雨亲吻着芭蕉,忽而感受满地的白雪正在"皑皑轻趁步,剪剪舞随腰"。

忽如间水袖甩将开来,衣袖舞动,沉香弥漫,如花瓣,似蝴蝶,飘飘荡荡凌空而下,身体软若云絮,双臂柔如无骨,仿佛出水的白莲,独自驰思于杳远幽冥,那样雍容不迫,又那么怅然不已。

"凡音之起,由人心生也,人心之动,物使之然也,感于物而动,故形于声。"这浓墨重彩的背后是张什么样的面孔,华丽戏服中又缝着怎样的故事。心绪与水袖一起翻飞,打开心里那座城,西湖柳瘦,红楼春秋,和着古老悠扬的曲调,流淌成有声有色的历史,满足了平淡而不甘平庸的心。

这女子似已在那里等待百年,只可惜今日懂她的人太少,读不出那"水磨调"里的韵味,看不明那眼神饱含的清雅。

待昆曲的巅峰过去,待汤显祖、洪昇等昆曲大师与世长辞,昆曲渐渐走向没落。日新月异的太仓南码头,再未曾寻到半点水墨山川的影子。作为独立的剧种,昆剧固然衰微已久,其艺术生命实际上远远没有终结,京剧、越剧、川剧、湘剧、赣剧、婺剧、祁剧、桂剧等,都受其深刻影响,仍保留着昆曲的部分剧目、声腔和曲牌。

此情此景,我想陪这女子一起等。

会有人来吗?

应该有。

就这样,不知今夕何夕。当我在等待中,走进 1904 年的江宁织造府,繁华将尽。天宫织造司里,织女姐姐在工作间隙追忆往事、愁肠百转,遣青溪小姑蒋三妹往人间点化顽石;中学生小王正闹起床气,睡眼惺忪之际羡煞古代女子足不出户、专事女红针黹的简单生活,遂被织女认为不二之选。两个同为90后的女主角,一个是1890年后,另一个是1990年后,虽是同龄人却又相差百年,她们站在不同的时光节点上,相互审视、相互理解,同时站在年轻人的角度,有对话,亦有碰撞。在云锦织造过程中,了解云锦背后的工匠精神。

小王与小玉之间相距了100年。这100年,恰恰是中国从近代走到现当代,发生翻天覆地变化的100年。许多传统道德、传统文化被抛弃了,其中有糟粕,也有精华……这也是中国社会逐渐开放、与世界接轨的100年,有太多新的技术、新的思维方式、新的价值观念融入进来,其中有精华,亦有沉淀。

这是在2017年等来的越剧,上演的剧目构建新的磁场,而我还在等。

我在等待中看到他,转益多师、博采众家之长,年轻的豫剧表演者。

我走进河南开封的一个村子,附近的大人、小孩儿早早地聚在一块,热热闹闹地等着表演开始。一个老奶奶,骑了很久的三轮车过来,看完演出特别高兴,拉着他的手亲热地说着话,随后从兜里小心翼翼地拿出一个圆滚滚的熟鸡蛋,用手绢包着轻轻放到他手里,"孩子,唱累了吧,快吃……"他还记得那鸡蛋热乎乎的,也让心里甜丝丝的。

在很多村里,他们住的地方都没有床,常常是打着地铺。若连住的地方也没有，就到一些放了假的学校，把课桌一拼就是一张床。这种生活在很多人看来似乎是非常遥远了，但其实戏曲人依然在经历着，吃百家饭，也是属于他们的财富。

即便在田间地头表演戏曲，他也把每一个动作、每一个眼神、每一句戏词都练了无数遍。借用电影《霸王别姬》里小赖子的话，看到台上的名角儿那个光彩和剧场内山崩地裂的喊好声，小赖子大哭着说："这得挨多少打才能出来呀！"张国荣扮演的程蝶衣就对他的徒弟小四说："等你流上三船五车的汗，就明白了！"

以前的观众主要是"听戏"，老先生们来到戏楼，坐下，拿一杯茶，闭上眼睛去听。依稀记得我小时候总爱依偎在姥姥的怀里，似懂非懂地听曲、看曲，那时的角儿或许只要唱得好就行。但现在方式变了，观众变成了"看戏"，这就要求戏曲人在化妆上要更加讲究，在服装上要有变化，灯光舞美上要设计得更好看。他们看的可能不仅仅是戏，还有舞台、表演、音乐。

那么，在这些光怪陆离中，我看到了把戏曲变得好听、好看、好玩的她。

她的父亲是国家一级演员，从小就浸染在戏曲的氛围中。2017 年起，她作为一名粤剧演员，正式走进某直播平台开始成为当红主播，引导观众通过看戏了解历史。传统的剧场只能容纳 1000 人，直播平台可以容纳无数人，大大扩展了戏曲的观众量。她时而用戏曲的调门唱流行歌曲，时而用戏曲的念白和板腔来段说唱。在表演川剧变脸时，她还用画外音为大家普及有关变脸的知识，除了戏曲推广，偶尔还会现场与多位非遗传承人互动。

就这样，在继续等待中，我还看到了《中国文艺》《国色生香》《经典咏流传》等节目，致敬戏曲、弘扬戏曲及中国传统文化创办。以戏曲艺术为代表的京剧、越剧等走向国际视野，比如《贵妃醉酒》登上维也纳金色大厅的舞台，《锁麟囊》剧目登上了法国、美国纽约等地方的舞台，此外还有很多新编剧目，比如改编自德国诗剧的《浮士德》等也是戏曲做出的新尝试。

当然，程式化动作、一桌二椅依旧是中国戏曲的特色。

中国戏曲和西方戏剧最大的差别就在于，它的很多东西都是依靠观众的想象完成的。西方戏剧家总是围绕"墙"的问题展开研究，但中国戏曲中，墙是不存在的。墙在观众的心里。

戏曲不会消失，因为这是长在中国人骨子里的东西。从元朝产生的杂曲，到明朝兴起的昆曲，一直到清朝所形成的京剧，无论是华丽的服饰和唱念做打的形式，还是演绎历史故事，潜移默化地使人们感受中华民族的传统美德，都反映了中国几千年的精神要素，中华民族传统思想中的"忠孝节义"，讴歌真善美，成为传承和弘扬民族气节的有效载体。所谓传承，也不仅仅是某些经典唱段的咿呀学语,而是通过这一中华民族艺术的瑰宝和国粹,进一步了解我国的传统历史文化。

在全球化的浪潮里,许多人的目光被欧美时尚、日韩文化吸引,追着港台节目,盲目崇拜流行文化,而传统文化大部分被迫沦为小众文化。世界上任何民族,如果抛弃民族文化传统,没有任何特色,就会在世界民族之林失去地位,也失去影响力。放眼河山,多一分细心和探究,可以在点点滴滴间渐渐还原历史的足音。走进中国传统文化,岁月承载着历史的脚步,大地沉积着文明的精华,戏曲是真正纯粹的艺术,好似宇宙中一颗并不耀眼夺目的恒星,虽然若隐若现,但它始终保持自己的韵律哼唱。

一个心烦意乱的午后,我在公园散步。路过凉亭,一位老人拿着一把大蒲扇正悠闲地闭目听戏曲,我也坐下来休息。不一会儿,陆续来了三五行人坐在凉亭里,开始有说有笑,后来大家都沉默了,有的停止了打电话,也有的摘下自己的耳机,凉亭内只剩下收音机里传来的嗓音,跌宕起伏的唱腔和饱含情感的念白,伴随着湖光山色,阵阵暖风吹拂,叶的摆动,云的飘荡,边赏景边品曲,感受古老而清新的韵律。

念念不忘这份记忆背后的真挚,这份美好。从前打开电视,总喜欢看一些娱乐综艺节目,现在不知不觉就停留在戏曲频道,精美的画面、精致的妆容、精巧的道具,都比小时候电视机上的唱段高妙许多,而我就这样看着看着,即使有不熟悉的剧目,也不愿意调台,突然间也懂得离丢的外婆,在世时虽然耳朵已经听不清楚,她却总是把电视停留在戏曲节目的画面。如今,母亲经过的时候常常嘟囔一句,怎么看这些没有意思的东西,换台换台。我还是偷摸地调回来,相比于那些过目即忘的消遣,不如研究这春秋书卷般的历史故事或者秋波流转的神态,一件戏服的针线、一个钗饰的工艺,连这彩妆也比那些网络直播"堪比整容术"的化妆术要有功夫得多。静静地坐着,闭目养神地听一段戏曲,或是泡上一杯醇香的茶,欣赏一会儿戏曲节目,定会感到超脱的自然与精心,似乎就是外婆不可描述的感受吧。我这才明白,戏曲不分时代,它不会过时也不会老套,这便是戏曲的魅力。

穿汉服、写书法、学国学、买文创,身边青年一代有诸多朋友喜欢国风。在熙来攘往的大街小巷,可以看到衣袂飘飘、广袖流云的汉服青年,朋友也会身穿传统汉服,行走在高楼林立的 CBD(中央商务区),尽显现代与古典的碰撞之美,在别人的目光中燃烧。在这些年轻人的眼中,他们不再是爱自由的追风少年,更是特立独行的潮流引领者,是小众文化支持者,更是中国传统文化的传承者。其中,一个美术爱好者的朋友房内还挂满了脸谱装饰。戏曲产生于民间,民间美术中的木版年画、窗花剪纸、纸扎糖塑、服饰刺绣、泥人、葫芦雕刻、建筑彩绘和雕刻等,都有戏曲人物形象,戏曲脸谱艺术也是表现的一个重要方面。

鹰立如睡,虎行若病,静静思,淡淡行,这世上任何地方,都可以生长,任何去处,都是归宿,无论何时何地,不受他人影响,坚持所爱,珍惜所有,做最真的自己。

我依然在等,和那江南女子一样,和那么一群人一样,脚踏实地地守着自己念念不忘的那片天和地。

因为相信,经得住时间荡涤的事物,更醇更深刻。

如同江上的歌谣,自古至今,飘香不散。

艺术乡村

葫芦,在植物学属葫芦科。早在 1 万年前的遥远时代,葫芦植物就在我们这片古老的土地上生长繁衍。中国很多神话故事赋予葫芦更加丰富的文化内涵,传说太上老君炼就仙丹,盛于葫芦之内;寿星龙头拐杖系着葫芦;济公和尚喝酒怀揣葫芦等,都将葫芦作为一种神器。在京郊,有一处被称为"葫芦第一村"的村庄,位于怀柔区城北仅 5 公里处的红螺山脚下,名叫芦庄。这里东有雁栖湖景区,西接慕田峪长城,南临红螺湖鸟岛,村北近邻则是俗称"南有普陀,北有红螺"的北方著名佛教圣地"京北巨刹"红螺寺,空气清新,风景宜人。

芦庄是首批被评为"市级民俗旅游接待村"的村庄,全村共有市级民俗旅游接待户 119 家,虹鳟鱼垂钓园 17 家,在村口,彰显特色产业"葫芦文化"《春华秋实》的巨型雕塑分外抢眼。走进芦庄"葫芦文化一条街",从"福禄园"民俗旅游主题公园前行,沿途随处可见绿莹莹的葫芦架上坠满了形状各异的葫芦,甚是可爱。环顾葫芦文化墙的美图,漫步在绿色的长廊里，一条条四通八达的街道，不知不觉就把人引入心仪的农家院和垂钓园。

而映入我眼帘的，是一个墙上挂着"红螺文化研究会"的牌匾，原来，"红螺文化"只是院内的一侧，另外一侧则是葫芦工艺展览厅，今天没有对外开放。这里的看管人是一位小个子女孩，短发的颜色像包过浆的葫芦色，名字叫晓霞，一番寒暄过后，她热情地打开了展厅的大门。

芦庄的葫芦文化产业蓬勃发展，走进芦庄葫芦工艺展厅，各种文玩葫芦、烙画葫芦、雕刻葫芦、彩绘葫芦等摆满了展架。慈眉善目的观音、开怀大笑的弥勒、神采各异的八仙、红螺寺的三绝景、降妖除魔的钟馗……让人眼花缭乱、爱不释手。天然可爱的葫芦，经民间工艺大师们的创意设计、精雕细刻，件件都是精美的手工艺术品。

在中国民间，葫芦谐音为"福禄""护禄"，葫芦枝茎称"蔓带"，"蔓带"即"万代"，葫芦多籽，寓意人丁兴旺，子孙繁衍。从古至今，葫芦一直被视为赐福招宝、纳吉迎祥、驱妖降魔、化煞镇宅的祥瑞之物。康熙曾以葫芦送彼得大帝，乾隆曾将葫芦通过大使转赠英王乔治三世，寓意"赐福""送福"，民间将葫芦悬于屋梁及门头，以求居民平安顺利；也有讲究者，用红绳系五个葫芦，寓意"五福临门"，我国少数民族把亚腰葫芦作为新婚互换的礼物，摆放于床头，象征夫妻和谐美满，互敬互爱，多子多福。

将葫芦放于桌上、床头或者挂在门口、厨房，这些不同位置也有不同解释。晓霞手舞足蹈地给我介绍摆放葫芦的讲究。

晓霞还开心地说，红螺文化将在红螺寺前的广场，筹备和村民一起举办中秋雅集，届时还有合作伙伴"红螺食品"。在北京的各大机场、车站、景区都可以见到卖特产的商店，其中之一少不了红螺食品。这是一家有多年果品生产经验的"中华老字号"企业。晓霞说，果脯、羊羹、茯苓夹饼、板栗、烤鸭、蜜麻花、龙须酥、老北京小吃等各类休闲食品都会呈现，还有很多村民的民俗表演，热闹非凡，欢迎来玩。

晓霞的声音未落，我注意到屋舍一角的字画，有一幅颜色鲜亮的油画，画上是红螺寺最高的楼阁。晓霞告诉我，这是法国画家菲利普的作品。我纳闷道，昨天在路口的红螺书院，还看到了他的画展。晓霞接着说，是的，红螺书院也是我们志同道合的伙伴，大家都是朋友，一起来到这里致力于乡村文化建设。

红螺寺始建于东晋，扩建于盛唐，山中松树成荫，竹子成林，山间小泉，老树参天，有此古刹，于是有此书院。

红螺书院给我的印象极深。清晨时，随着微风，顺着小道，拐进一个仿古大门，迈步到水墨飘香的院内，便走进了文雅的小世界，大厅门口的白色狗牙花，醒于阳光下，这便是初见。

红螺书院以复兴中国文化为己任，通过对中国绘画馆、中国书法馆、佛教艺术馆、四君子馆、葫芦艺术馆、国学和艺术讲堂、艺术家工作室、艺术家写生基地为一体的综合建筑群落的打造,分为一号院、二号院、三号院,房间雅名取自《金刚经》,并由书友题写,意趣深远,回味悠长。艺术家菜地比邻二号院,在村中高地梨花园中开四亩,名"醉碧园",曲径通幽,春日梨花满园,秋季果实累累。有诸多艺术家和艺术理论家题刻如"香椿园""苦瓜园""樱桃家""香草园""师心园"等碑铭,共赏雅事。

中国古代书院肇始于唐,繁盛于宋元,历明清而不衰,赓续千年之久。书院因其浓厚的学术氛围,引领时代风气之先,曾经数度繁荣也经历了数度衰微,古有岳麓书院、白鹿洞书院、东林书院,近有万松浦书院、白鹿书院、北洋书院、太湖大学堂……作为传统文化精神的形成之地,书院正以一股不可小觑的力量,助力中国传统文化复兴。书院已然成为传统文化思想的传承之所、学术研究之地、仁爱之师培养之地。书院的兴起,也标志着中华文化的伟大复兴。

中华民族的伟大复兴不只是文艺的复兴,而是中国传统文化的复兴。传统文化复兴不能只是停留在表面,或只是城市,而是应该深入大众,走进农村。乡村是传统文化的核心载体,并将成为复兴传统文化的重要根据地。广大的农村对文化的重视和全民提高文化艺术素养才是中华文化复兴的根本。

　　红螺文化的葫芦,红螺食品的特产,红螺书院的梨树,都将在芦村村民和游人的心中落下一粒种子,在耕读文化中,经风雨,尝露华,看到传统文化的光辉,洒在春华秋实的岁月尘曲之中。

望　　空

在这座城市,我开始喜欢望向天空。

虽然天空看似相同,但是仔细看还是有诸多的不同。当你漫不经心地和它对视,它也袒露着自己的心情,宛如老友的互相寒暄,突然有个特别的造型会让人眼前一亮,像小时候发现旧罐子里还剩下一颗糖果,心情也随之明朗起来。

望着天空的时候,大多在沉默。周遭的语言也模糊起来,视觉效果逐渐大于听觉,就算是耳机传来的声响也沦为一种心情的符号,逛街时商场的音乐不会记得清楚,却随之脚步变得轻快,再回想也是那件眼前一亮的物件。沉默的时候,思想会转动很快,看到无人发现的一幕,会联想到一个人,想把这么美丽的风景分享给对方,有时也会作罢,因为快速掠过的风景,可能真的无法让你找到合适的角度。

经常往返于积水潭和紫竹桥,常常经过西直门桥——这是北京一座错综复杂的桥,被诸多网友戏称绕晕也找不到方向,由于经常走这条路,即使没有导航我还是能轻松说出它的路线。于是,我在这座桥上看风景,从德胜门大街到西直门再到动物园,黄昏时分总有一大片的天空欣赏。一个傍晚,我要去往紫竹桥那边,打开手机热搜便是北京的彩虹,等车的地方并没有彩虹。先生给我打电话,说他吃饭的门外看到了彩虹,我说我看不到呀,就是别人可以看到的时候心情没有那么失落,当你身边的人告诉你的时候,会有一种落差。他给我拍了一张,也不是很好看,后来我坐上车,经过天桥的时候很多行人站在上面对着上空拍照,我回头看,原来彩虹就出现在那里,美景真是需要有心人才会发现的呀,没有回头看就无法看到彩虹,但是当我扭头看向前方的时候,前方的夕阳放射出金光闪闪。或许大家都在关注彩虹,基本没有人再去关心这魅力的黄昏,黄昏的美那么耀眼,那一刻感受到它使出全身力气在释放自己的美,即使没有人去留意,它依然美得摄人心魄,美得无所畏惧。

望空让我知道了,要留心生活里,甚至是生命里被人忽略的那一部分。

有时候天空阴阴沉沉是一幅书墨画,有时候天空用云彩的中间掏出一个心形,有时候天空还停留在风吹过的地方,水波粼粼倒映在蓝天上。有时候去程的路上,天蓝得可以捏出水来,回程的路上,却灰暗着调子等着一阵狂风咆哮。

先生充当司机,也是一个脾气不好的司机。疫情期间，因为路况改变，脾气时好时坏，先生便是像天空一样捉摸不定的司机。托这位司机先生的福气，下班的路上经过长安街看到了不同季节的风景，想想这样的待遇大抵孕期的时候也享受过。

长安街的玉兰花总是很美，七八月份亮起的红灯笼也是熠熠生辉，一次从亦庄晚上回家，突然下起暴雨，大概是这些年来最急的一场雨，路上不停有吹断的树枝掉下，还有许多地电缆东倒西歪，我们也被这阵仗吓到，把车停到路边，等待雨水变小。后来经过长安街发现金色的栏杆也有被吹倒的，涉水前行的汽车溅起几尺的浪花，也是一种奇遇。

在长安街下班的时候，我会拍下天安门，这里是全国乃至全世界关注的中心。我们看着天安门的画像焕然一新，看着夜晚的喷泉升起，看着华灯初上红漆亮丽，心中不禁一阵欣慰，这次疫情闯过多少日夜和苦难才走到这一程，我看到了天安门前的门庭若市到空无一人，但是坚守在那里的警察和军人从未缺席。

就这样，我在每个黄昏里看着远方，我可以在这条路上，看到西单的大钟摆，我时常想到对面工作的楼群，他们会听着钟摆的报时而期待下一秒，我也有这样的心情，就像我在北京站听到东方红的准点报时。

西单大钟摆上面会有一面五星红旗，每当夕阳西下，日落停留在旗帜不同的方向，或远或近，都是一道风景。

他们都说外面很危险

认识四格是在一个很奇特的夜晚。

作为工作忙碌的一员,在无休无止的加班路上,参加在职研究生考试的日子逼近了。作为综合科目完全没有资料也没有复习的我,考试前一天的夜晚,无意间刷朋友圈,看到了一个姑娘同样在备考,于是主动和姑娘联系。深夜复习的间隙,姑娘大公无私争分夺秒把大部分复习资料和答案拍照给我,我顿时感激涕零,祝福这位及时向萍水相逢的陌生人伸出援手的好姑娘。

不知不觉几个月过去,这位好姑娘又主动联系,告知可以查分数。不仅发来查分网址和方式,还贴心地说若是没有通过可以加群一起筹集买明年的复习资料。当然,这位贴心的姑娘就叫四格。

7月20日,手机里不停弹出新闻,都是关于北京要下大雨局部暴雨的信息。似乎北京近些年都和这个日子有关。2012年的夏天,也是这样的雨天,一场暴雨导致大面积列车晚点。今天的晚高峰行人匆匆钻进地铁,满目都是着急赶路的脚步,一步一步地在地铁排队往前走,广播里一直提示着 20 号夜间到 21 号白天有大暴雨,请广大乘客做好出行准备,耳机里突然响起丁丁与西西的歌《最陌生的语言》,出自唱片《他们都说外面很危险》。

坐着听着看着时间/渐渐忘了感觉自己的改变/现在到底是几岁几年/但好像不知道从什么时候开始/那些曾经觉得重要的事/都变成了不重要/它们渐渐地变成了远方的光点……

在此时,四格发了朋友圈,说已经拿了加拿大的签,要去加拿大留学。

从申请学校,拿 offer,到一签、二签,其间变数太多,甚至于四格的备选方案也准备 ok,好在最终也算是求仁得仁吧。四格说,有时想想也挺好笑,从大学起见英语绕着走,放弃英语小十年,最终……

不知道有多少人和四格一样,毕业后不断寻找自己的方向,却无论选择哪条路总觉得差了那么点意思,现在深觉,这种情况下,要么不断尝试,要么就做好当前的工作,也万幸在这个过程中不断成长,还遇到了深觉温暖的人们。

总之,不管前方如何,先学会认真生活吧。

至此,四格又变身为对加拿大留学、旅游感兴趣可与之联系的小助手,附带全程 DIY(自己动手做)。

热情的四格,让我想起去年一起读在职研究生的姑娘氧气,她和我们一起筹备小论文的时候,突然有一天跑到了德国。直到去年宣布结婚,我们才知道,氧气的老公是个德国小伙子,美丽的婚礼,幸福的故事。

一个中国人和一个德国人,初遇在朝鲜。四年前的4月,氧气和好友从北京出发,准备从丹东过境,前往朝鲜。同一时间,一个在天津做项目的德国小伙,报名了同一趟行程。去朝鲜只能跟团,没有自由行这个选项,所以他们在旅行团的火车上相遇了;一起穿越了朝鲜全境,最北到最南,平壤到开城到板门店,在山坡上遥遥可以望见首尔。

夜里从酒店溜出来,黑漆漆的柏油路上时有坑洼积水,不时有穿着军服的朝鲜人路过,德国小伙儿一惊一乍地把冲锋衣的帽子往头上兜,生怕让人看见他西方人的模样。氧气是最轻松也最胆大的那个,她钻到路边的小店里,语言不通,又没有当地货币,但她还是给大家买回了三支朝鲜雪糕。

从一开始,他们之所以能够相遇,不就是因为对陌生的世界、不同的国度,怀着一视同仁的好奇吗?

从朝鲜回来之后,他们又一起去了许多地方——她工作的、生活的城市,她心目中理想的旅行地。再后来,他向她发出了邀请,邀她去德国——去他出生、长大、工作的地方。

我们认识的氧气,是勇敢无畏的,也是最害怕寂寞的。这样的她,最终决定了辞去北京的工作,暂时中止研究生课程,孤身一人前往异国寻找他——从学习语言开始。

到了德国之后,有一段时间,他们一起做代购,注册的公司,公司的名字是他们两人的姓合在一起,logo 是他们两人自己设计。他们各自完成了研究生学业;在她的陪伴下,他考下了德国注册税务师资格。如果说两个人在一起,是为了让彼此变得更好,那么他们两人,无疑是这句话最好的诠释。

氧气的婚礼,仪式由闺蜜主持,两家人在没有语言交流的基础上都相亲相爱,好朋友从全球各地赶来祝福,拍照摄影全程只抓拍,这就是婚礼的意义。

路还很长,我们早已相信每朵花都精致,每个人都有一个故事在等待倾听,每一件事都有它的意义,在等待被讲述。

某综艺节目某季第二期节目里,有一个亮点,张宇提出了一个探讨创意:我们都约定过,我们也都爽约过。想起去斐济认识的当地导游 coco,广东黑瘦的小女生,却有一股坚毅倔强的力量。旅行或许真的可以改变人的宽度,2011 年川藏之行中,coco 在一位驴友口中了解到,澳洲新西兰的 working holiday(工作假期签订),当时仅有新西兰每年向中国开放 1000 名的 WHV(工作假期签订)。coco 从那时与自己有了约定,可硬性条件是雅思一定要达到 5.5。为了实现梦想,coco 花了整整一年的收入去报班学英语,最后半途而废,什么也没学到。大概是因为 coco 经常自由行出国,也不再畏惧英语,鼓足了勇气踏上斐济工作之路,她说只是因为,那里离梦想更近了。coco深知超过31岁,不能申请WHV(工作假期签订),所以在30岁前做出最后的疯狂,辞去斐济的工作,去菲律宾专心备考。雅思从入学的4分,到最后的5.5,coco这一劫真的渡得很苦,在菲律宾的三个月遇到一群小伙伴,一起努力收获了今天的成绩。现在澳洲已经开始向中国开放working holiday,每年5000个名额,雅思4.5就可以了。但是coco坚持了她的梦想,完成了与自己的约定,赶上青春的末班车,最后一次机会终于申请到新西兰的working holiday,24岁的决定,30岁的青葱无悔。六年的努力,终于到了收获的季节,3个月的备考,她交上满意的答卷。新西兰,曾经的梦,coco即将要去圆这个梦。

每个人都有自己的运行轨道,他们身边没有《我的前半生》狗血小三的爱情婚姻,也没有无敌厉害的男神守护,却收获了自己追求的人生。一如凤姐的点评:在《我的前半生》里陈俊生和罗子君最终离婚了,但是在《蜡笔小新》里,同样的家庭模式,野原广志和野原美伢却过得很好。你的心是深蓝色的路,或将雨的湖,同样的故事,不同的结局。如今,我们的朋友圈对陌生人可见十条,对好友可见最近三天,网络流行段子"那我加你好友干嘛?"缺乏安全感的人,一直在防守这个世界,年轻的心觉得很酷,倒不如小时候那么简单。前不久,说北京有2000万人在假装生活的帖子火了,但是反对声更多,世界上本没有墙,傻气多了,处处是墙。都是各自生活,有时彼此协作,一个人但凡过得好,绝没空操心别人的事,人浮于事,都有各自的困惑和无奈,不议人是非,不泼人冷水,就算吃酱油拌饭,也要铺上干净的餐巾,把简陋的生活过得很优雅,风度与境遇无关,聪明人自有领悟。

再说回到电视剧《我的前半生》,里面咨询公司的原型据说是麦肯锡,全球咨询界三巨头之一,这里有一群优秀的人,他们的出类拔萃,不仅是因为名校的博士学位,名企的高管职位,还因为他们努力追求的价值。有人做了半辈子橄榄球员又去 MIT(麻省理工学院)读了两个 PhD(博士学位),有人工作前 gap(间隔)一年去周游各国在阿富汗被塔利班追着满街跑,有人学生时代去非洲支教记录当地孩子们的欢笑,他们最善于自我挑战和自我迭代。

也许,人之所以要一路狂奔,是为了看到更广阔的世界,当你发现这一切没有什么的时候,你已经找到了更广阔的世界。

王小波在《红拂夜奔》里写道:"我 17 岁时在插队,晚上走到野外去,看到天空像一片紫水潭,星星是些不动的大亮点。夜风是些浅蓝色的流线,云端传来喧嚣的声音。那一瞬间我很幸福,这说明我还可以做个诗人。照我看来凡是能在这个无休无止的烦恼,仇恨,互相监视的尘世之上感到片刻欢欣的人,都可以算是个诗人。然后你替我想想该怎么办吧——在队里开大会之前要求朗诵我的诗?我怎么解释天是紫的,风是蓝的,云端传来喧嚣?"

卡瓦菲斯诗集里写道:"都是昨天的百无聊赖,而明天一来就不再像个明天。"愿我们的生活,无论是一个人,还是一群人,无论是安静的,还是疯狂的,无论是远方的,还是脚下的,都过得自由自在。比 18 岁的时候更勇敢,比 18 岁的时候更懂得享受生命,每一天都在努力圆满自己的人生,有自己的山川湖海,也甘囿于厨房和爱。

他们都说外面的世界很危险,那么你的世界呢?

平凡而渺小的一生

这是我第二年为大型文艺晚会撰稿。

小小的舞台,只是比观众席多了一个台阶,只是位置在目光的前方,人也开始演绎另外的角色,这种沉浸是短暂的,而对于生命中的一刻有了不同的意义。

我经常喜欢忙碌之余坐在某一排,看着他们一遍遍地排练、走位,尤其是情景式表演的节目与日俱增,总能在舞台上找到一种感觉,青春或者记忆,人类是一种使思想开花结果的植物。

舞台上许多呈现的是一个团队,但是这个团队里的个体,你总会去试想他的人生是不是有什么不为人知的故事,是不是有什么与众不同的经历,是不是有什么坎坷不平的路程,他们每个人都会有自己闪闪发光的亮点,他们不仅是团队里的一个元素,更是有着自己的情绪与情感。心理学上说个人情感包括爱、恨、惧、乐、疏五种。情绪和情感都是人对客观事物所持的态度体验,只是情绪更倾向于个体基本需求欲望上的态度体验,而情感则更倾向于社会需求欲望上的态度体验。但是在他们内心深处,或许也习惯了不是舞台上的焦点,但是内心有自己的世界、自己的舞台,不需要太多的观众,想象着那种默默的安静,想象着为自己而舞的柑橘,以不同的方式,选择不同的道路,打磨着属于一个人的岁月。

想到这里,是因为一个我的发小。

小时候我们一起长大,他就像掉进大海里的一根针,普普通通,家境普通、其貌不扬、成绩中等、按部就班地毕业工作结婚。那时候以为人生对一个少年还是无限美好与绵长,人海中再普通的一粒都会拥有属于自己独特的青春回忆,但是在父母年老之际,他的生命戛然而止。

生命脆弱,生死无常。他走的那天,我的母亲恰好从京返回老家,自然也去参加了追悼会,后来母亲跟我说,他突然离世这件事,才让父母想明白,以后一定不逼着我出人头地,一定是健健康康、平平安安地活着就好。

好像几天前,还觉得我母亲是那种奋斗型独立女性,多么朴素的愿望,多么平凡的生活,都抵不住意外降临的滚滚洪流,人有时就是如此无力、如此渺小。后来很多人在工作、在生活上跟我说,急什么,你还年轻,来日方长。我总是笑笑不语,我无法否定,也无法肯定。

想到这里,却没能说出他的名字。

一个人的名字不再是符号,对于他人,是一段特别的记忆;对于自己,也是一个存在的痕迹。

　　我比较在意,有没有打对参会人员的姓名桌牌、有没有在字幕或印刷甚至是网络对外发布上核实个人信息。这对一个人来说,名字不仅是名字,也是一种尊重,是把对方放在心里。有的人觉得这就是代号,但是无论你是否喜欢,它都具象化代表了你,是将你与他人区分开来的最直接的方式,一个人的姓名终将陪伴他走完沧海桑田岁月中的人生之路,有的还承载着父母对他的希望和寄托,自古人们就比较重视起名字,一些少数民族的传统习俗里,给孩子起名,也是为孩子"定魂"。

　　生与死,与他的名字无关。就像我谈起他的故事,不知道他的人自然也没听说过他的名字。就这样,我们无法选择生,有时候我们也无法选择死。不知对他而言,这场生命是不是一次快乐而难忘的旅行？是不是活得快乐,活得充实,活得精彩？生命无法重来,也无法衡量,不论你怎么转变抹用,单程路都无法回头。一旦明白和接受这点,早我们所具有的一切缺点中,就不会轻视自己的存在。就像石缝中的小草,在温暖阳光的呵护下,显得生机勃勃,它那瘦弱却碧绿的叶片舒展开来,宛如一只只飞舞的蝴蝶,尽情享受属于自己的小天地。

　　它虽不及松树的高大,比不上牡丹的华丽,但它仍旧那样活泼、那样积极向上,它是那样坚强、那样伟大,那样地让人敬佩。

　　舞台上的每个演员就像这棵小草,芸芸众生、生死相依的我们也像这棵小草,这场晚会怀念牺牲的战友,也像这棵小草。生命,是一次艰苦的遭遇;生命,是一场欢畅淋漓的戏剧;生命,是一种不计成本的投资;从生命的角度看,生命是那样的伟大;从个人角度看,生命是那样的微小。所以生命的意义在于从世界的生命来体验个人的生命,从个人的生命来领会世界的生命,是谓生命之生命。

人生都是由两大部分组成的,一是生命,一是生活。生命是人生的存在面,生活是人生的感受面。现如今,我们人类的科技水平已经飞速发展进步,在很多领域里的研究成果已经超乎了我们的想象,现在的科技,不再是去简单地帮助人类,而是在改变人类。以前古人无法想象的火箭,到现在科技已经走出地球。

生命的脆弱令人惋惜,生命的顽强也令人诧异。死亡,相对于身边活着的人也是一种选择。继续生活,继续努力。岩石再坚硬也是死的,鸡蛋再脆弱也是有生命的,石头最终化为沙土,而鸡蛋孕育的生命总有一天会飞越石头。正因为明白了生而为人的脆弱,才懂得更珍惜这一段生命,以及接受生命里所有的历程。有苦有乐的人生是充实的,有得有失的人生是公平的,有生有死的人生是自然的,人生如圆,终点亦是起点。

人生是一种承受,我们总要学会支撑自己;人生也是一种承担,承担我们应尽的责任和义务;人生更是一种担当,遇事不能回避、无法逃避,坦然面对,在哪里存在,就在哪里绽放,有一份内心的不声不响,有一份急迫中的不紧不慢,还有一份尴尬中的不卑不亢。坎坷人生路,给自己一些温暖,给自己一个微笑。

　　这一天的排练到了尾声,走出演播厅,路上已洒满月光,抬头仰望夜空中最微弱而又最有力的存在,是对生命最好的诠释。

读书给我最静的海

记得有本书中写道:"我把时间分割成无数个抽屉,一些用来投身于我可以为之奋不顾身的事业,一些给予那些还没有实现的梦想,一些留给我最亲爱的朋友,一些留给家人和爱人。而有一个小小的角落,是留给书的,如饥似渴,吸收养分。"

幼时的我,最喜欢去图书大厦,那里曾是家乡最大的书店,经常有各种各样的人靠在角落里阅读。我不喜看作文书,于是经常找些有趣的故事书来读。

记忆中我读初一的那个夏天,人民文学出版社推出"哈利·波特"系列的前三部中文版:《哈利·波特与魔法石》《哈利·波特与密室》《哈利·波特与阿兹卡班的囚徒》。上课时,发现有同学偷偷看,我有些心动,但那时的书价令人却步。放学后,我不好意思地问母亲能不能买,担心母亲把它当作"闲书",以影响学习为由拒绝我。谁知母亲二话不说,饭后撂下筷子就跑到图书大厦,把一套书买了回来。当时内心的喜悦和激动,直到现在还让我印象深刻。大概从那时起,我迷上了科幻小说,一本本的科幻杂志坚持买、定期看,带着自己的想象阅读,那些精彩的故事在我脑海中留下了不可磨灭的印记。

后来,我家附近有了租借书屋,租书、借书盛行一时。我看书比较慢,别人一次借 5 本,我只能一次借一本才不会超时还书。

那时候开始读外国名著,虽然有一些内容还不能完全读懂,但依然坚持看。后来我开始租碟,把喜欢的动画片一部部租来看。迪士尼的动画片拍了几百集,情节一环扣一环,每一集都不重复。甚至到现在,我坐在快餐厅里吃早饭,偶尔看到《猫和老鼠》还会笑出声。

一捧岁月,一笔清远。如果书店是我的一片海,那么列车或许就是我的一座桥。

转眼离家数年,远赴外地学习,大概是青春记忆中最难忘的时光。学校的图书馆平时借书都有时效,趁着寒暑假,总要多借几本,拿回家去慢慢看。那时的亚马逊网站已经崭露头角,列出一个书单,立刻就可以下单买书。

在一个没有平板电脑、没有各种电子书阅读器、没有手游休闲的学生时期,图书,成为我不可或缺的知己。

列车上漫长的旅途,我怀着敬意和期待,翻开印刷精美的图书,静静地阅读。书香醉人,在行走中思考,让漂泊的心找到归宿,从书中解开迷思,打开人生的结。列车留下了我许多的眷恋,走到最后,所有故事都幻化成诗,在相聚与离别的交替中,留下一行又一行动人的文字。

或许是有缘,参加工作以后,我和铁路的联系更加紧密了。每次在火车站值勤的间隙,我特别喜欢去候车厅的书店逛一逛。这里卖的多是一些畅销书,在外面报刊亭已经少见的杂志这里也有卖。候车厅的书店就像《岛上书店》所言:没有谁是一座孤岛,一本书便是一个世界。

许是偏爱书香的缘故,相比电子书,我更喜欢纸质书。现在已经进入互联网出版时代,数字阅读和商业化写作给纯文学刊物带来了不小的生存压力,但我执拗于对文化记忆的保护,以及对文学创作一种近乎"洁癖"式的守卫,依旧喜欢阅读纸质书。

在巴金创办的《收获》杂志进入"花甲之年"时,评论家韩浩月说道:"电子时代,纯文学更像是一个家园,用适当高度的围墙,筑起一道隔绝狂乱噪音的屏障,让文学终归回归于文学,让作者与读者共同拥有一片躲避世俗喧嚣的心灵场所。"

在书店释放压力之后,我经常会把心爱的书买回家,如饥似渴地阅读。我总是习惯性地在床头摆上几本书,或多或少看上几眼,时刻提醒自己感受精神世界的开阔与生命的饱满。

如今工作繁忙,有时间就会带心仪的书出去走走,静下来写一写游记。曾有一次,我自驾从甘孜去往阿坝,途经甲居藏寨,看美人谷的"金花"。其间,我留宿在藏民家中,住在那些已经有1000多年历史的碉楼式建筑里。

人们非常热情,山上种的苹果树可以自由采摘,院子里热情的藏族小女孩拉起我的手就开始跳舞。

夜晚，我们一行人想看一看星空，但是天黑得伸手不见五指，遗憾没有见到星星。小女孩让我教她写作业，她告诉我上学不容易，需要坐车先行半小时，再步行一小时。

临行前，我把随身带的书都送给她，愿她读万卷书、行万里路，愿她实现梦想成为"金花"，代表这个民族走出寨子，走向更远的地方，努力去做一个时刻行走在路上的人。

闲散时间的写作，也为我赢得过一些奖项。今夏的一个上午，站在第八届冰心散文奖领奖台时，我的内心颇为激动，但更是明白自己要走的路还很远，并且这条路注定要一个人走下去。

清风与明月，碧海与晴空。很庆幸，路上遇到很多值得我去记录的美好与感动，使我可以怀着平和的心境淡看江湖路。

繁忙的日常工作外，我立志成为一个会讲故事的人，而会讲故事的人一定要有一颗热爱读书的心。

记得有本书中写道："我把时间分割成无数个抽屉，一些用来投身于我可以为之奋不顾身的事业，一些给予那些还没有实现的梦想，一些留给我最亲爱的朋友，一些留给家人和爱人。而有一个小小的角落，是留给书的，如饥似渴，吸收养分。"

知足者富，强行者有志。事业给了我最狂的风，读书给了我最静的海。不断地读书学习，不断地成长进步，让自己、让工作、让生活因为这片海而变得更美、更灿烂。

老北京的柿子树

10月，天气微凉。雨水在屋檐和树杈之间跳跃，踩踏路面的脚步和滚落在地的雨水交集在一起，打湿的鞋底顿时有了秋的痕迹。这是让人感到倦怠的秋季，一年往复的奔波，并没有到了年底就可以卸下枝头的硕果，轻松一点。我带着低迷的情绪在拐角处看到了一棵柿子树，这棵树不知何时种起，也不知何时有人浇水锄肥，就这样每天在经过的地方缓缓生长，直到入秋的一天等待我与它的相遇。

近些年，越来越喜欢柿子树，在北京街头行走、赶路、乘车、从地铁出来的瞬间、突然迷途中走进某个胡同的时候，那一刻，我仰望北京的天空，不断地与向上生长的柿子树相遇，我注意到它在这座城市默默地存在，甚至开始尝试接纳这个味道，在果实与果实之间，似乎是看到了许多关于树木本真的结点。

这之前的一些年，说不清哪个年岁，渐渐习惯了离家在外的日子，这样的日子里总少不了带家乡的特产给身边朋友，自己的家乡似乎是那些普通小城的一个，连特产都很朴实,柿子饼算是一个。然而过于甜腻,也毫无新意,几乎是在各地都可以买到的品种,所以我对柿子饼没有特殊情感。

姥姥家的院子里有椿树、枣树和石榴树,《庄子逍遥游》云:上古有大椿者,以八千岁为秋。因此椿树是长寿之兆,后世又以之为父亲的代称,有护宅及祈寿功用;在庭院种植枣树,寓意早得贵子,凡事快人一步;石榴则是含有多子多福的祥兆,有富贵气息。老一辈还有种说法,因为"柿"和"事"是谐音,载两棵柿子树讲究好事成双,事事顺利;而栽一棵柿子树就有点煞风景,这样就会不吉利,有句谚语"柿子树下抬死人"说的就是这个道理,当然可以栽一棵柿子树和一棵杏子树,寓意是幸福和如意。

后来的年岁到了北京,第一次与柿子树的相遇产生深刻印象,是藏匿在一家老胡同里的书店。老北京的书店逐渐形成文化圈地,文人墨客在这里聚集,热聊着对未来的展望与当下的见地,但又不像很多开在繁华地段、重要商区、顾客如织的商业书店,这家有着独特的环境,干净的气质,而我怀着好奇打探着这片滋养文化的土地。当我穿过弯曲的连廊,来到充满神秘的后院,我看到立于其间的柿子树,还看到了一群白鸽在屋顶徘徊、觅食。这样的画面在我脑海里徘徊不去,灰瓦房、四合院、白鸽、柿子树,在寂寥的秋冬总是给人一丝欣慰,挂在枝头诗意的味道。

第二次与柿子树存有记忆的碰撞,是在胡同里的幼儿园门口。等待有时并不那么焦急，也有小小的期盼在蔓延，许多陌生的人因为各自的"未来"聚集在一起热聊，偶尔我保持沉默，抬头遥望那座教学楼墙壁的卡通彩画，不经意地注意到它旁边的柿子树。此刻莞尔一笑，不知孩子们从窗户往外瞧的时候，是不是也会和我看到相同的风景，或者是关注到同一颗坠在枝头的果子。随后的时间里，这棵柿子树就种在了我的心底，无论是上学还是放学，无论是清晨还是黄昏，走到这棵柿子树下，就感到一阵安心。似乎是我和它之间默默无言的约定，一年四季、雨雪风霜，它在共同成长，它也在这里等待，在这里陪伴，在这里守护。

此后，我改变了少时对柿子树固有的印象，越发开始留意和重视它。

我开始逐渐了解柿子树的生长环境，了解它的生性喜好，我注视着它在每个角落的不言不语，它归于自然的硕果累累，在众多纷纭说法之中，它依然结着自己的甜果，又红又圆，看起来像灯笼一样可爱。夏天树下可以乘凉，秋季的时候叶子由碧绿转变为丹红赏心悦目，成为摄影视角里的一抹亮色，也美化了冬天，独特的意境预示着一种顽强的生命力，有几分妖娆，也有几分灵动。

柿子树喜欢湿润，耐寒，可以在空气干燥、土壤湿润的环境下生长。柿子树是在春天发芽，它喜欢太阳，所以在种植时要选择阳光充足的地方，柿子树还比较怕涝，需要在它旁边挖好水沟,夏天的修剪可以促进它在秋天开花结果。但也不能放任柿子树随意开花结果,容易造成第二年果子变小。在落果结束的时候开始疏果,和枝条叶片达成配合。柿子树的根长得比较深,既可以分多次少量进行施肥,也可以结合叶子的面进行喷肥。柿子树全身是宝,除了果实可以食用,甘甜味美,它的叶子也是可以进行食用的,可强身健体、延年益寿。柿子不能空着肚子吃,不能和皮一起吃,也不能和许多食物譬如红薯一起食用。

婆婆喜欢把柿子晾在阳台上,她回忆小时候在东北炕桌上放着一个搪瓷盆,盆里装满凉水和冻柿子,冻硬了的柿子外面结了冰,拿出一个被冰包裹的柿子,在盆边轻轻地一磕,冰就破了,剥掉冰,软软的,撕开柿子皮一个小口,甘甜爽口带着果肉的柿子汁,有时候里面还有点冰碴儿,凉凉地、甜甜地直沁胸膛,别有一番滋味。

深秋时节的北京,干冷的风吹黄了银杏,染红了香山,沿途散乱的柿子树林立在路边。故宫门口的石狮子旁边也有两棵柿子树,树干几乎没有叶子,高高的枝头挂着几个硕大的柿子。古寺庙宇的院落和周围栽种着柿子树,比如老舍故居,就用丹柿小院命名,正房的东房名"双柿斋",这是女主人胡絜青起的名字。晚唐段成式在《酉阳杂俎》中曾赞扬柿子:"一寿、二多荫、三无鸟巢、四无虫、五霜叶可玩、六嘉实、七落叶肥大,可以临书。"老舍也认同,还提到最要紧的是木本粮食。当年在齐鲁大学教书时,农民靠柿子卖个零花钱。做柿饼时,镟下来的柿子皮也得掺上谷子摊成带糠的煎饼,他们进城卖柿子,带的就是那种干粮。

北京的郊区也会种植一些果树,在村落或民宿里常常能见到柿子树,它似乎化成了家与温暖的象征,像守望着山坡上的一盏盏灯,也像一幅素描的画,点点红为这画添彩。京郊有名的柿子有房山张坊的磨盘柿,顾名思义,因其果实圆而扁,腰部有一道深沟,状如磨盘而得名。张坊镇地处平原与山区交界处,以其甘甜的拒马河水和山前暖区优越的气候、地理条件,为这里的磨盘柿生长创造了得天独厚的条件,磨盘柿是涩柿的优良品种。有的人吃柿子要放一段时间,等软了、成熟了,涩味消失再吃,这种现象叫后熟,但不是所有的柿子都需要后熟处理,一些品种的柿子挂在枝头便能自动脱涩,这叫甜柿,反之,叫涩柿。相传早在明太祖登基时,这里就大规模地种植磨盘柿,明成祖定都北京后,张坊的磨盘柿就作为贡品年年进奉。至今,张坊镇大峪沟村、下寺村还留有百年老树园,见证着历史的变迁。还有传说慈禧尤为喜爱北京昌平十三陵的柿子,曾经被作为贡果供皇宫王公大臣们所食用。又因北京十三陵的柿子熟透时,色泽红润通透,口感属上乘,食用后口齿生津留香,顾深得明、清历代帝王的喜爱。依傍燕山山脉,清澈的十三陵水库,十三陵柿子是众多柿子的佼佼者,村民提起当年十三陵产的柿子,在市场里买也买不到,因为产量少,市场上供不应求。是啊,眼前这一个个柿子与北京当地村民世世代代相伴,承载了他们祖祖辈辈收获的喜悦,更是美好生活的寄托。

我喜爱饱满圆润的柿子,更喜爱结满果实的柿子树。老北京的师傅说,每棵柿子树上都要留有几个柿子,帮助鸟儿过冬,这是老祖宗传下来的规矩。那结满果实的柿子树风采无法用言语描绘,有机会还是到北京看看吧,它的魅力会让你感叹不枉此行。

后 记

请保持那份热爱,奔赴下一场山海。

"且来花里听笙歌"取自苏轼的《浣溪沙·荷花》一诗。世人皆知,苏轼是北宋文学家、书画家、美食家,诗文书画皆精,天真烂漫、豪情逸趣、旷达明朗,在坎坷与困难中,不断追求,永不放弃,彻悟人生本质,体悟自然之美。

这本散文集亦是我人生路上的一次前行与思考。

大约在2014年,我的工作和生活进入新阶段,自此开始"打卡"祖国的大好河山。我们习惯于避开都市,走进少数民族地区,更多选择是边境地区,或是人烟稀少的偏远地区,走进海岛渔村和古镇古城,深入了解当地的历史文化、风俗习惯和现如今的生活方式。在有限的时间里,我们穿越广西中越边境线,大东北边境线,以及川西大环线、西北大环线等,行至贵州镇远,湘西凤凰,山西平遥以及江浙、闽南等,感受到旧杯换新酒,虽有相似的历史感,但都有不同的发展和新意。从草原之夜到海岛晚风,从长三角到珠三角,从环渤海到粤港澳,所有的故事也不只是游山玩水,更多的是路上遇到的陌生人,邂逅的大自然。

雨下山果落,灯下草虫鸣。我爱祖国的山水画卷,爱它的民族多样,爱它的兼容并蓄,爱它的古典现代,我偏爱这人间烟火气,包容一切生命。每寸地域背后都有不同的历史与未来,感召着我为少数民族做点什么,为这片热土写点什么,能用手中的笔记录什么……我能做得太少,做得还不足,面对稍纵即逝的岁月,唯有留下真情意切的文字。

虽然这本书文笔尚且稚嫩,但是这一路行走却陪伴了我六年的光阴,那是我二十多岁的时候,尚且懵懂的时光碎片,成长是一条坎坷不平的路。

在南方某城的角落里,我看到一棵开花的树,满枝的花,竟然没有一片叶子相伴,多少行人经过忽略了它的怒放。人的一生啊,渺小又微不足道,风来自远方,我去去也无妨。

我来看望你了,就像你在那里一直等待。

感谢自己从未居于一隅,也从未停止前行。城堡锁不住勇敢的心,风雨历程之中探寻生活的乐趣与真谛,终究在思索中,找到自己人生的答案。

山水相逢,三生有幸。

2021 年 6 月

写于北京积水潭